les détours de l'amour

Barbara Cartland est une romancière anglaise dont la réputation n'est plus à faire.

Près de trois cents romans variés et passionnants mêlent aventures et amours.

Les Éditions J'ai Lu *en ont déjà publié plus de quarante que vous retrouverez dans le catalogue gratuit disponible chez tous les libraires.*

Désormais les Éditions J'ai Lu *publient également* Les romans préférés de Barbara Cartland, *un choix des livres qui ont enchanté sa jeunesse.*

BARBARA CARTLAND

les détours de l'amour

traduit de l'anglais par Renée Duchêne

Éditions J'ai Lu

Ce roman a paru sous le titre original :

THE TWISTS AND TURNS OF LOVE

NOTE DE L'AUTEUR

Dans les années 1800, les pertes et les gains au jeu atteignaient des sommes astronomiques parmi les dandies des clubs de Londres. Charles James Fox, joueur forcené, pouvait rester à une table de jeu vingt-quatre heures durant, en perdant cinq cents livres à l'heure!

Pour chiffrer cette somme en valeur actuelle, il faut la multiplier par vingt approximativement. Ainsi, dans l'histoire qui suit, sir Roderick aurait gagné plus de cent mille livres!

Le *drawing-room* (1) royal que présidait, chaque jeudi, la reine Charlotte, fut transformé en soirées de réception par Edouard VII. Je fus présentée au roi à l'une de ces réceptions en 1925, puis une seconde fois en 1928, après mon mariage.

En 1939, juste avant la déclaration de guerre, les drawing-rooms, comme les *levers* (2), furent supprimés.

(1) Salon – par extension, réception. *(N.d.T.)*

(2) Réceptions permettant à une jeune fille de faire son « entrée dans le monde ». *(N.d.T.)*

1

Le gentilhomme qui marchait sur le chemin caillouteux, creusé d'innombrables nids-de-poule, trébucha avec ses bottes bien cirées, dites *à la Souvarov*.

Il jura tout bas, en se maudissant de se retrouver à pied, d'avoir tourné au mauvais endroit et faussé une roue de son phaéton.

C'était bien sa faute, pensa-t-il, et nul autre que lui n'était à blâmer. Il avait quitté Londres tard dans la matinée, après avoir passé la nuit avec une belle. Extraordinairement séduisante, elle lui avait fait oublier le long voyage qui l'attendait au matin. Il n'en avait pas moins mené à bride abattue son nouvel attelage d'alezans, qui s'était révélé remarquable.

Mais, même ainsi, il lui avait fallu s'arrêter, la première nuit, plus près de Londres que prévu. Aussi, était-il arrivé le second soir, bien après l'heure convenable au manoir de l'ami chez qui il était entendu qu'il passerait la nuit. De sorte que la courtoisie la plus élémentaire lui interdisait de partir sitôt pris le petit déjeuner.

Il lui avait donc fallu visiter l'écurie et échanger

un certain nombre de politesses avec l'hôtesse et ses filles, des laiderons, avant de pouvoir enfin se remettre en route.

On lui avait parlé d'un raccourci qui bifurquait à partir de la grand-route et, maintenant, il comprenait que c'était non seulement une erreur, mais un désastre. Conduisant à une allure dangereuse – il le reconnaissait – sur un chemin étroit, il s'était jeté, dans un tournant sans visibilité, sur une charrette.

Seule, sa grande habileté de conducteur avait évité un choc de plein fouet entre ses coursiers et le vieux cheval de ferme. Néanmoins, une roue du phaéton avait heurté la charrette, rendant impossible la poursuite du voyage.

Le paysan lui avait suggéré de demander de l'aide au manoir. Aussi, laissant l'attelage à la garde de son valet, le gentilhomme avait franchi un portail délabré et s'était retrouvé dans une allée qui ne devait plus être entretenue depuis au moins une centaine d'années.

En fait, ces lieux étaient tout à fait pittoresques, avec des buissons de rhododendrons, de lilas et de seringas en fleurs qui envahissaient le chemin. Toutefois, le gentilhomme se souciait moins de cette beauté que de remettre son phaéton en état de marche. Il avançait à grandes enjambées tout en se disant que la pluie devait transformer l'allée en un marécage infranchissable.

L'allée faisait un coude et il se retrouva devant le manoir qu'il cherchait.

D'un abord attrayant, il devait dater des Tudor mais les plantes grimpantes permettaient difficilement de distinguer précisément son style.

Devant la maison, sur le rond-point recouvert de

gravier, aussi mal entretenu que l'allée, des arbustes abondants se dressaient le long des anciens murs de brique – ou du moins ce qu'on pouvait en apercevoir – exposés aux intempéries.

En examinant les bâtiments, le gentilhomme remarqua aussi que le haut de nombreuses fenêtres était obstrué par des planches. Au rez-de-chaussée et au premier étage, il manquait même des vitres, qu'on avait remplacées par des panneaux de bois et de carton.

La porte d'entrée, qui avait manifestement grand besoin d'une couche de peinture, était fermée, mais, sous les plantes grimpantes qui l'encadraient, on pouvait voir la poignée d'une sonnette et un marteau de cuivre qui avait dû être brillant jadis, mais était maintenant tout oxydé.

Le gentilhomme actionna les deux et attendit. Comme il ne se produisait rien, le jeune homme se dit que les occupants n'étaient probablement pas chez eux. Il décida de tenter à tout hasard sa chance à la porte de derrière.

En faisant le tour de la maison il aperçut, par une ouverture dans un vieux mur de brique rouge, un potager où deux personnes étaient en train de travailler. Voilà qui s'annonce mieux, se dit-il. Et il se dirigea vers la plus proche des deux. C'était une femme vêtue d'une robe de cotonnade passée, une capeline de jardin sur la tête. Le visiteur alla vers elle.

– Je désirerais, fit-il d'une voix autoritaire, parler au propriétaire de cette maison, mais je vois qu'il est impossible d'obtenir aucune réponse à l'entrée.

Au son de sa voix, la femme sursauta et se redressa; il vit alors qu'il s'agissait d'une jeune fille. Elle sortait à peine de l'adolescence et en outre, elle était absolument ravissante. A l'ombre du chapeau de paille, les yeux interrogateurs qui plongeaient dans ceux du gentilhomme paraissaient incroyablement grands et avaient ce bleu profond des pervenches qu'il avait vues tout au long de l'allée, croissant à profusion dans l'herbe haute.

Pendant un bref moment, la jeune fille parut trop surprise pour parler, mais, quand elle se ressaisit, sa voix se révéla douce et cultivée.

– Je regrette, dit-elle. La sonnette est cassée et, si Annie est dans la cuisine, elle n'aura pas entendu le heurtoir.

Se rendant compte qu'elle n'était pas ce qu'il avait d'abord cru, le gentilhomme se découvrit.

– Suis-je devant la propriétaire de la maison? interrogea-t-il.

– Mais oui, répondit-elle avec simplicité.

– Dans ce cas, je viens vous demander de l'aide, fit-il. J'ai eu un accident avec mon phaéton sur une petite route, à quatre cents mètres de chez vous, et j'ai besoin d'un charron.

– Personne n'a été blessé, j'espère? s'informa aussitôt la jeune fille.

– Non, ce n'est pas un accident grave, répondit-il, mais cela m'empêche de poursuivre mon voyage et il se trouve que je suis terriblement pressé.

Il s'avisa soudain que la jeune fille le regardait parler avec admiration. Il se rendit compte aussi qu'il avait formulé sa requête d'un ton quelque peu impérieux.

– Mon nom est Chester, fit-il, commandant Adrian Chester. Je me rends au château de Kirkby.

– Je me nomme Petula Buckden, dit à son tour la jeune fille, et je suppose que vous savez déjà que vous êtes au manoir de Buckden.

– J'ai appris que c'est le nom du village par le paysan à moitié stupide qui m'a envoyé ici.

Elle lui jeta un regard vif, comme surprise par le ton de sa voix.

– S'il conduisait la charrette, j'imagine que c'était Ned.

– C'était lui, admit le commandant Chester, et, au cas où cela vous tourmenterait, je puis vous assurer que ledit Ned et sa charrette sont sains et saufs.

Il s'exprimait d'un ton sarcastique qui fit monter une chaude couleur aux joues de Petula. Posant le récipient qui contenait les semences, elle se dirigea vers un homme d'un certain âge qui travaillait à l'autre bout du jardin.

– Adam! appela-t-elle. Le commandant Chester a besoin de Ben pour réparer sa roue. Sais-tu où il est?

L'homme auquel elle s'adressait planta sa bêche en terre et s'approcha sans se presser.

– C'est Ben que vous cherchez, mademoiselle Petula?

– Oui, Adam.

– Il doit être avec le fermier Jarvis, si l'est pas que'part ailleurs.

– Veux-tu aller le chercher? Tu lui diras qu'il y a eu un accident.

– Ça va prend' un bout d'temps pour aller jusqu'à c'te ferme, mademoiselle Petula.

– Alors, il vaut mieux prendre le cabriolet, dit la jeune fille. Bessie est déjà sortie ce matin, aussi ne la mène pas trop vite. Elle se fait un peu vieille pour deux promenades dans la même journée.

– On y va, mademoiselle.

Adam alla récupérer sa bêche, à une vitesse qui donnait au commandant l'envie de taper du pied, et l'officier dut se retenir de répéter qu'il était pressé.

– Il n'est pas certain que Ben puisse être là d'ici une heure, fit observer la jeune fille. Peut-être aimeriez-vous mettre vos chevaux à l'écurie? Si la roue est très abîmée, Ben sera obligé de l'emmener jusqu'à son atelier.

– Où se trouve-t-il? demanda le commandant Chester du ton d'un homme qui s'attend au pire.

– C'est à l'autre bout du village.

– Je l'aurais parié!

La jeune châtelaine se mit à rire.

– Je crains que vous ne découvriez qu'à Buckden, comme dans tous les petits coins du Yorkshire, nous faisons bien ce que nous avons à faire, mais que cela prend du temps.

L'officier tira sa montre de gousset.

– Il est 3 heures et demie passées, dit-il. Combien de temps pensez-vous qu'il me faudra pour aller d'ici au château de Kirkby?

– Je crains bien de n'en avoir aucune idée, répondit Petula. Plusieurs heures, à tout le moins.

Elle savait que le château de Kirkby était la demeure du comte de Kirkby, lord-lieutenant du Yorkshire (1).

– J'ai l'impression que je vais y arriver fort tard, fit Adrian Chester, si jamais j'y arrive. Y a-t-il une auberge par ici?

– Aucune qui puisse vous convenir, et certainement aucune où vous puissiez mettre vos chevaux à l'écurie.

Un instant, l'officier posa sur Petula un regard presque furieux, comme si elle était responsable

(1) Gouverneur royal de la province. (*N.d.T.*)

d'un tel manque de commodités. Puis il sourit. Son visage s'en trouva transformé et, alors qu'elle l'avait jugé jusque-là d'un caractère froid et autoritaire, elle se rendit compte soudain qu'il pouvait aussi avoir du charme.

En fait, elle avait été subjuguée par son apparence. Jamais elle n'avait imaginé qu'un homme puisse être si élégant et, en même temps, si viril. Le nœud de sa cravate blanche, elle l'avait remarqué, était un chef-d'œuvre de sophistication et son col, montant haut sur son menton carré, étaient le dernier cri de la mode pour un beau (1). Elle notait également à quel point sa redingote grise dessinait parfaitement sa taille et, comme il restait là, debout, son chapeau à la main, elle fut certaine que ses cheveux étaient coupés à la nouvelle mode lancée par le prince de Galles.

Elle se sentait humble devant cette élégance et avait tout à fait conscience d'apparaître, par contraste, très quelconque. Elle se décrivait elle-même comme « un véritable désastre ». Aussi, ce fut avec timidité qu'elle proposa :

– Si vous vouliez aller chercher vos chevaux, je ferais débarrasser les écuries de tout ce qu'on y a entassé. Nous n'avons plus que Bessie, maintenant et, à cette époque de l'année, elle reste aux champs.

– Je ne voudrais pas vous déranger, dit le commandant. Et je veux espérer que, lorsqu'on aura réussi à trouver le charron, mon voyage ne sera plus davantage différé.

Comme Petula ne répondit rien, il se dit que son attente avait peu de chances d'être satisfaite et

(1) Terme français par lequel on désignait les élégants en vue. Tel le Beau Brummel, le célèbre ami du prince de Galles.

qu'il lui fallait s'arranger au mieux de la situation, si exaspérante fût-elle. Aussi suivit-il la jeune fille qui se dirigeait derrière la maison vers les écuries. Ce bâtiment était, estima le jeune homme, dans un état de délabrement catastrophique. Des tuiles manquaient et la toiture criblée de trous devait laisser passer la pluie.

Lorsque Petula ouvrit en grand l'une des portes, il vit qu'autrefois on devait loger là une douzaine de chevaux dont les stalles étaient encore intactes. Elles étaient toutefois poussiéreuses et sales, et les araignées avaient tissé leurs toiles d'un barreau à l'autre.

– Vous conduisez une paire de chevaux, je suppose? interrogea la jeune fille.

– Non, un attelage à quatre, répondit brièvement le commandant Chester.

Les yeux de son interlocutrice brillèrent.

– Je n'ai jamais voyagé avec un attelage à quatre, dit-elle. Ce doit être excitant d'aller si vite!

– Ça l'est, quand on est en voyage, répondit le jeune homme.

Il finissait à peine de parler qu'il prit conscience de son manque d'amabilité; il se sentait furieux non seulement de son retard, mais aussi de se savoir entièrement responsable de cet accident. Il n'aurait jamais dû quitter la grand-route, il n'aurait jamais dû courir si vite dans un chemin de campagne. Mais à quoi bon revenir sur tout cela? Mieux valait tirer le meilleur parti d'une mauvaise affaire et se montrer reconnaissant de ce qu'on allait, en tout cas, mettre la main sur un charron.

Par chance, il y avait dans l'écurie quatre stalles qui n'étaient pas encombrées de vieux outils, de caisses ou de bûches.

– Adam apportera de la paille dès son retour, annonça Petula. Je crains que vos chevaux ne jouissent pas d'un grand confort, mais au moins pourront-ils se reposer.

– Vous êtes très aimable, mademoiselle Buckden, et je vous suis très reconnaissant, dit l'officier.

– Peut-être, avant d'aller chercher les chevaux, aimeriez-vous prendre quelque rafraîchissement? suggéra encore la jeune fille. Nous avons du cidre, à la maison, ou bien du thé, si vous préférez.

– Un verre de cidre me conviendrait parfaitement, dit poliment son visiteur.

Petula lui montra le chemin qui, des écuries, revenait à l'entrée de la maison. En dépit de sa pauvre robe de coton délavé, le jeune homme, qui marchait derrière elle, remarqua la grâce de la jeune fille, inattendue chez une campagnarde. Le soir précédent, par exemple, il n'avait pu s'empêcher de remarquer l'allure gauche des filles de son hôtesse. Il les avait en lui-même qualifiées de « blocs mal dégrossis », ce qui lui avait remis en mémoire les mouvements de la charmante grâce à laquelle il s'était mis en retard. « Dieu me préserve de ces femmes dont le pas résonne lourdement lorsqu'elles avancent sur un parquet », avait-il pensé.

Petula, elle, paraissait flotter plutôt que marcher, et lorsqu'elle ouvrit la porte d'entrée et pénétra dans le hall frais, au plafond bas, elle défit les rubans de sa capeline de jardin et l'enleva avec autant de naturel qu'un homme qui se découvre en entrant dans une maison.

Ce fut alors que le commandant Chester s'avoua qu'elle était on ne peut plus adorable et ressemblait à une orchidée qui pousserait sur un tas de décombres. Il ne se rappelait pas avoir jamais vu pareille chevelure. On eût dit une coulée de soleil se détachant sur les sombres panneaux du hall, et le teint de la jeune fille offrait les mêmes nuances de blanc et de rose que les fleurs des amandiers, au-dehors.

Elle portait la tête de façon altière sur un long col aussi gracieux que ses mouvements. Il y eut juste un timide soupçon d'amusement dans sa voix lorsqu'elle dit :

– Peut-être accepteriez-vous d'attendre au salon tandis que je vais vous chercher du cidre? Je le regrette, mais il n'y a personne d'autre dans la maison que ma vieille gouvernante.

– Je ne voudrais pas vous déranger, mademoiselle.

– Cela ne me dérange nullement, s'empressa d'ajouter la jeune fille.

Elle ouvrit la porte du salon pour le faire entrer et, soudain, il parut extraordinairement grand et large d'épaules; elle partit en courant dans le long couloir qui menait à la cuisine.

La maison, qui aurait nécessité pour son service une douzaine de domestiques au moins, était, pour elle et Annie seules, désespérément immense. Les deux femmes n'avaient trouvé qu'un moyen de s'en sortir : fermer toutes les pièces dont elles n'avaient pas besoin, pour essayer de continuer à entretenir celles dont elles ne pouvaient se passer.

Comme elle s'y attendait, Petula trouva Annie dans la cuisine en train de cuire du pain, ce qu'elle faisait une fois par semaine.

– Votre thé n'est pas encore prêt, mademoiselle Petula, dit-elle sans lever les yeux. Alors, inutile de venir me tracasser pour un morceau de pain chaud, je sais bien que c'est ce que vous venez chercher.

– Tu te trompes, Annie! répliqua sa jeune maîtresse. C'est une bouteille de cidre dont j'ai besoin.

– Du cidre? s'écria Annie. Si Adam s'imagine qu'il va avoir du cidre à cette heure de l'après-midi, il se fait des illusions!

– Ce n'est pas pour Adam, dit Petula en prenant un pichet de verre et un gobelet dans le buffet. Nous avons un visiteur.

– Un visiteur? s'exclama Annie. Voilà autre chose! Est-ce le vicaire?

– Non, Annie. C'est le plus beau gentilhomme que tu aies jamais vu. Une roue de son phaéton s'est cassée et il est entré en plein dans la carriole de Ned.

– Hum, je présume que ce fainéant de Ned était en train de dormir, comme d'habitude, fit Annie avec acrimonie. On ne devrait pas lui permettre de conduire alors qu'il ne sait même pas dans quel sens il va!

– Mais le cheval, lui, connaît bien le chemin de la maison, fit Petula en riant, et j'ai comme une petite idée, bien que je n'oserais lui en dire mot, que le gentilhomme allait trop vite.

– On n'a jamais vu un gentilhomme aller autrement, répliqua Annie, comme je le disais assez souvent à votre père, de son vivant.

– Papa a eu rarement l'occasion de mener de bons chevaux, répondit la jeune fille d'une voix qui tremblait légèrement, tandis que ses yeux s'embrumaient.

Maintenant encore, après cinq mois environ, il lui était difficile de penser à son père sans pleurer et son absence était toujours ressentie par elle comme une souffrance.

Petula gagna le garde-manger bien frais attenant à la cuisine. Il n'y avait désormais plus grand-chose à poser sur les larges dalles de marbre. La jeune fille se rappelait le temps, du vivant de son grand-père, où il y avait là d'énormes jattes de crème, de grosses mottes de beurre jaune, et des paniers d'osier pleins d'œufs bruns. Aujourd'hui, il ne restait plus que quelques œufs de ces poules sur lesquelles Annie veillait comme sur un trésor, et qu'on ne mangeait que dans les grandes occasions, ainsi que le pot de lait qu'Adam ramenait chaque matin de la ferme voisine.

Sous l'une des tables de marbre, trois grandes jarres de cidre maison étaient alignées, qu'on gardait pour les visiteurs occasionnels et pour Adam. Cela faisait partie des gages de ce dernier, ainsi que l'avait toujours spécifié le père de Petula, et bien qu'Annie renâclât en disant qu'on n'en avait pas les moyens, la jeune fille insistait pour qu'Adam ait droit à son verre de cidre quotidien.

Aussitôt vides, les jarres étaient remplies à nouveau. Petula en pencha une avec précaution, car elle était très lourde, jusqu'à ce que le pichet de verre, posé sur le sol dallé, soit plein. Elle le rapporta dans la cuisine, le mit sur le plateau d'argent qu'Annie avait sorti d'un autre buffet, et plaça le gobelet à côté.

– C'est une chance que j'aie fait l'argenterie il y a deux jours, fit remarquer la vieille femme. J'avais tellement attendu que je n'osais plus la regarder.

– Je suis sûre que notre invité va être impressionné par la façon dont elle brille, dit Petula.

En réalité elle sentait bien que rien, dans le manoir, ne pouvait faire bonne impression sur le commandant. Mais, en même temps, c'était plutôt passionnant d'avoir un visiteur. Elle passait tant de semaines sans voir personne d'autre qu'Annie ou Adam!

Alors, elle trouvait une excuse pour se rendre au village, rien que pour avoir le plaisir de papoter avec M. Yarrow, le boucher, ou Mme Blackburn, à *La Couronne et les Plumes.*

Ce fut seulement en revenant vers le salon que Petula songea à l'aspect qu'elle devait avoir et se demanda si elle n'aurait pas dû monter passer une robe plus convenable que celle qu'elle portait.

Mais elle se dit que, selon toute probabilité, le commandant ne lui avait pas accordé la moindre attention; et, s'il l'avait fait, ce devait être avec cette condescendance dont il lui avait fait montre dès le premier instant.

« Il est visiblement très imbu de sa propre importance, pensa Petula. Je présume qu'il est riche. Les gens riches ont toujours l'air de croire que le monde est fait pour qu'ils marchent dessus. »

Elle apporta le cidre au salon et trouva l'officier debout devant une fenêtre ouverte, en train de contempler la pelouse, qui n'avait pas été tondue.

En lisière du jardin, les champs descendaient en pente douce, jusqu'à un petit bois au delà duquel ondulaient des coteaux champêtres qui allaient rejoindre, dans les lointains, des collines au sommet dénudé.

– Vous avez d'ici une très belle vue, mademoiselle Buckden, dit Adrian Chester en se tournant vers Petula qui s'approchait de lui.

– Je l'aime beaucoup, répondit-elle, mais il est

vrai que je n'ai guère eu l'occasion de voir d'autres paysages.

– Vous avez toujours vécu ici?

– Oui. Les Buckden occupent le manoir depuis l'époque de la reine Elizabeth, mais ils n'ont jamais été de grands voyageurs.

Son visiteur sourit, tout en se versant un verre de cidre.

– Cette remarque laisse entendre, je présume, que vous, vous souhaiteriez voyager?

– J'aimerais bien, dit Petula, et je suis sûre que, maintenant que la guerre est finie, les gens qui sont restés confinés en Angleterre pendant les hostilités ont hâte de partir à l'étranger.

– C'est vrai, approuva l'officier, mais ceux qui, comme moi, en ont assez de se battre, sont contents de rester chez eux.

– Vous vous êtes battu contre Bonaparte?

– Pendant une courte période; mais je suis allé aux Indes, et c'est là surtout que j'ai combattu.

– Que c'est passionnant! s'exclama Petula. (Il était clair que son intérêt n'était pas feint.) J'aimerais tant entendre parler de l'Inde, poursuivit-elle. L'Orient tout entier semble si fascinant! Mais peut-être est-ce seulement que je sais si peu de chose à ce sujet.

– Certaines régions de l'Inde sont, comme vous le dites, fascinantes, approuva le commandant, mais il y fait aussi très chaud et la guerre peut y être extrêmement inconfortable.

Il parlait d'une voix brève et Petula eut l'impression qu'il ne souhaitait pas s'étendre sur ce sujet. Aussi gardèrent-ils le silence jusqu'à ce que l'officier reposât son gobelet en disant :

– Merci beaucoup. Ce cidre était excellent. Maintenant, comme vous le suggériez, je ferais mieux d'aller chercher mes chevaux et de les mettre à l'écurie jusqu'à ce que le charron me dise combien de temps il lui faut pour réparer mon phaéton.

– Je crains qu'il ne faille à Adam un certain temps pour parvenir à la ferme où nous pensons qu'il travaille, dit Petula d'un ton d'excuse. (Et, jetant un coup d'œil à la pendule, elle ajouta :) Comme il me semble... qu'il y a peu de chances pour que votre roue soit réparée à... l'heure du dîner, aimeriez-vous... manger quelque chose avant de poursuivre votre voyage?

Elle s'exprimait d'une voix un peu hésitante car elle se demandait en même temps, avec un certain désarroi, ce qu'elle pourrait bien trouver à lui offrir.

Le commandant hésitait également.

– Je sens que je vous ai déjà beaucoup dérangée, mademoiselle Buckden, fit-il. Peut-être votre auberge locale pourrait-elle me fournir une espèce de repas pour moi-même et mon valet?

– Ils n'auront que du pain et du fromage, fit Petula. Je suis sûre qu'Annie pourrait faire mieux, bien que, naturellement, ce ne puisse être le genre de nourriture auquel vous êtes habitué.

– En tant que soldat, je puis vous assurer que je n'ai pas toujours festoyé, dit le jeune homme avec un sourire. En vérité, je vous serais extrêmement reconnaissant, mademoiselle Buckden, si je puis user de votre hospitalité avant de poursuivre ce qui sera sans aucun doute une route longue et fatigante.

– Alors, nous ferons de notre mieux, dit Petula avec simplicité, mais vous aurez la bonté de ne pas vous montrer trop difficile.

– Je puis vous certifier que je serai seulement extrêmement reconnaissant de votre générosité, répondit Adrian Chester.

Petula attendit de l'avoir vu quitter la maison et descendre l'allée pour se précipiter à la cuisine.

– Vite, Annie, vite! cria-t-elle. Il reste à dîner et son valet voudra aussi sûrement quelque chose à manger.

– Rester à dîner? Mais de quoi donc parlez-vous, mademoiselle Petula?

– Du commandant Chester! Il est allé chercher ses chevaux pour les mettre à l'écurie, et Adam a pris la carriole pour aller chercher Ben chez les Jarvis. Tout cela demandera des heures, tu t'en doutes, et Ben ne se dépêchera jamais.

– Vous voulez que je prépare à dîner, mademoiselle Petula? Mais avec quoi, je vous le demande?

Petula eut un petit geste d'impuissance.

– Il doit bien y avoir quelque chose dans la maison, Annie.

– Il y a un tout petit morceau d'agneau que j'avais réservé pour votre déjeuner demain, et quelques œufs, mais rien d'autre, à ma connaissance.

La jeune fille avait déjà gagné la porte du garde-manger, d'où elle contemplait désespérément les dalles vides. Puis elle poussa un cri.

– Il y a un lapin, Annie! Adam m'a dit qu'il l'avait pris au collet et qu'il comptait l'emporter chez lui pour son chien.

– Bon, c'est déjà mieux que rien, fit Annie, qui ajouta : son chien, vraiment! Il l'aurait mangé lui-même, oui, ce porc glouton, quand nous mourons à moitié de faim!

– Adam travaille dur et il faut bien qu'il mange, lui aussi.

– Pas nos lapins! fit Annie d'un ton définitif.

– S'il restait quelque chose d'autre dont on puisse lui donner un peu, fit Petula de sa voix douce. Après tout, c'était son collet et, si les lapins appartiennent à quelqu'un, pourquoi pas à lui? Nous ne pouvons réclamer ce que nous sommes incapables d'attraper ou de tuer.

– Là n'est pas la question, mademoiselle Petula, fit Annie. Si Adam faisait ce qui a été convenu, il y aurait davantage à manger dans cette maison.

– A cette époque de l'année..., commença la jeune fille.

Puis elle se dit qu'il ne servait à rien de discuter avec la vieille femme. Bien qu'elle soit née et ait été élevée à la campagne, elle s'obstinait cependant à croire que les oiseaux abondaient tout au long de l'année, et que la saison de la reproduction ne pouvait interrompre l'approvisionnement de son garde-manger en pigeons, perdrix ou lièvres.

Petula lui donna le lapin et Annie l'étendit sur la table. Il était jeune, mais assez gros pour fournir un plat, à condition que les convives ne soient pas trop affamés.

– Il y a aussi des œufs, de sorte que tu peux faire en plus une omelette, Annie.

– Utiliser tous mes œufs! s'exclama la gouvernante d'un ton horrifié. Ceux-ci étaient supposés nous faire plusieurs jours, à vous et moi!

– J'irai à la recherche des nids que tu n'as pas trouvés, promit la jeune fille. Et maintenant, je vais au jardin voir ce que nous avons comme légumes.

En arrivant à la porte, elle ajouta :

– Dieu merci, il y a quelques prunes à point sur le mur, au midi; elles fourniront le dessert. Et je sais bien que tu as un peu de crème cachée quelque part.

– Tout ce que je puis dire, mademoiselle Petula, c'est que vous et moi allons avoir faim tout le reste de la semaine, geignit Annie.

– Nous nous débrouillerons bien de quelque façon, assura sa maîtresse en s'enfuyant au jardin, le sourire aux lèvres.

Il y avait tant à faire! Aussi lui semblait-il qu'elle avait à peine pris le temps de respirer lorsqu'elle avisa le commandant Chester qui remontait l'allée. Il menait deux chevaux et, derrière lui, son valet conduisait les deux autres; en les apercevant, Petula oublia tout le reste. Jamais, de toute son existence, elle n'avait vu de bêtes si magnifiques et un attelage si parfaitement assorti.

Avec leurs longues crinières, leurs queues, et leur poil qui paraissait briller au soleil, ces alezans avaient l'air, se dit la jeune fille, de sortir d'un tableau de George Stubbs (1). Le commandant prit la direction des écuries et elle le suivit tout en remarquant que son valet portait une livrée de la plus grande élégance et dont les boutons d'argent étaient ornés d'un écusson.

– Je pense qu'il doit y avoir de la paille pour eux, Jason, dit le commandant, mais l'homme qui devait la leur donner est parti à la recherche du charron.

Avant que le valet ait pu répondre – de façon arrogante, elle en était certaine – Petula intervint.

– La paille est entassée dans la dernière stalle et je vais vous aider à l'étaler.

(1) Peintre anglais, spécialiste des chevaux et scènes de chasse. (*N.d.T.*)

– Certainement pas! dit sèchement le commandant. Jason s'en chargera, si vous lui montrez où elle se trouve.

Petula comprit parfaitement que, tout en lui répondant, il donnait un ordre à son valet. Aussi se dirigea-t-elle vers l'extrémité de l'écurie où la paille, destinée à procurer à Bessie une litière confortable pendant l'hiver, avait été jetée par le garçon de ferme qui la leur apportait.

– Voilà! fit la jeune fille.

Le valet jeta un coup d'œil et, à la surprise de Petula, répondit de façon très agréable :

– Merci, mademoiselle. Laissez-moi faire. Nos chevaux n'ont pas besoin de beaucoup de paille, puisque nous ne restons pas longtemps. Mais ils ont aussi besoin de boire.

– La pompe est dehors, dans la cour.

– Merci, mademoiselle.

La jeune châtelaine se dit que le valet paraissait plus facile que son maître. Puis, sentant bien qu'elle avait un peu peur du commandant, elle fit un effort pour demander :

– Avez-vous aperçu... quelque signe de Ben... en allant chercher les chevaux?

– Vous m'avez déjà averti que, dans cette région, on se hâte lentement. J'ai donc pensé que ce serait une erreur de se montrer trop optimiste.

– Il ne peut plus mettre très longtemps, maintenant, murmura Petula. (Le commandant Chester ne répondant rien, elle poursuivit :) Peut-être aimeriez-vous venir vous reposer à la maison? Le dîner ne pourra être prêt avant une heure environ.

– Je n'ai certainement pas l'intention de déambuler davantage, dit son interlocuteur, et je suppose que votre homme saura où trouver le charron.

– Pour traverser le village il n'y a qu'une seule route, expliqua Petula, de sorte qu'il lui serait impossible de manquer le phaéton, un véhicule que nous n'avons pas souvent l'occasion de voir par ici...

Elle n'avait nullement l'intention de prendre un ton sarcastique, mais sentait néanmoins que son visiteur se montrait un peu tyrannique. Elle avait beau se dire que c'était de l'enfantillage, elle lui en voulait un peu de ses railleries à propos de leur lenteur.

– Retourne au phaéton, Jason, dit le commandant à son valet, et rapporte ma valise. Puis tu tâcheras de voir où le dénommé Ben emmène la roue et de lui faire comprendre la nécessité de se hâter. Y a-t-il clair de lune, ce soir?

– Non, pas cette semaine, fit Petula avant que le valet ait pu répondre, et je pense que vous aurez du mal, même avec les lanternes de votre phaéton, à trouver votre chemin jusqu'au château de Kirkby.

– Il fera clair de lune jusque vers 10 heures environ, dit le commandant, plutôt comme en se parlant à lui-même.

Petula comprit qu'il était en train de calculer le temps minimum pour que la roue ait des chances d'être réparée et quelle distance il aurait à parcourir à ce moment-là, jusqu'au relais de poste le plus proche.

– Il y en a un à Huntingford, dit-elle, comme s'il lui avait posé la question. C'est à peu près à cinq ou six kilomètres de l'endroit où vous avez quitté la grand-route. (Elle vit l'officier serrer les lèvres et, au bout d'un instant, d'une voix nerveuse, ajouta :) S'il ne vous est pas possible... de partir ce soir, nous pourrons... essayer de vous installer confortablement.

– Vous êtes très aimable, mademoiselle Buckden, dit le visiteur, mais je suis sûr qu'il ne me sera pas nécessaire de m'imposer à vous plus longtemps.

Petula eut l'impression qu'il la rabrouait délibérément. Elle quitta l'écurie et s'en retourna vers la maison. Elle en atteignait l'entrée quand le jeune homme la rattrapa.

– Il vous faut me pardonner, dit-il, si je me suis exprimé de façon brutale et ne me suis pas montré aussi reconnaissant que je l'aurais dû pour votre hospitalité. Très franchement, jusqu'à cet instant, je n'avais pas envisagé que je me trouverais peut-être dans l'impossibilité de poursuivre ma route ce soir, mais il me faut admettre maintenant que ce pourrait bien être le cas.

Il y avait dans sa voix une chaleur et un accent de sincérité qui ne s'y étaient pas trouvés jusque-là.

– Je... comprends, fit-elle timidement. Je ne puis vous offrir davantage, mais au moins aurez-vous un toit au-dessus de la tête.

– J'ai le sentiment, dit le jeune homme, que je suis en train de me conduire plutôt mal, comme un enfant gâté.

Petula se mit à rire.

– C'est peut-être ce que nous faisons tous quand nous nous trouvons désappointés. Est-ce qu'une réception très intéressante vous attendait au château de Kirkby?

– J'espère bien que non! fit l'officier avec ferveur. Rien de plus tuant qu'un grand dîner, en compagnie d'une foule d'étrangers, quand vous avez conduit longtemps.

Petula, n'ayant jamais assisté à un grand dîner, pensait que ça devait être, en fait, un événement sensationnel, même après un voyage fatigant. Mais elle se contenta de déclarer :

– Il vous faudra vous passer de grande réception et de dîner d'apparat mais, comme me le dit Annie depuis mon enfance, il faut faire « contre mauvaise fortune, bon cœur »!

Ce fut au commandant de rire.

– Je me souviens que ma nurse disait exactement la même chose.

– Maman me disait qu'elles ont une façon de parler bien à elles. (Ils pénétrèrent dans le hall et Petula dit encore :) J'ai pensé que vous pourriez avoir envie de faire un brin de toilette, après avoir conduit si longtemps, et j'ai mis de l'eau chaude et des serviettes dans l'une des chambres.

– Vous pensez à tout, mademoiselle Buckden, dit l'officier.

Petula gravit l'escalier en se demandant justement si elle avait pensé à tout. Il avait fallu préparer la table pour le dîner, ouvrir les fenêtres de la chambre à coucher, chauffer l'eau et la monter, procurer à Annie une douzaine d'autres choses dont elle avait besoin et dont elle ne pouvait s'occuper elle-même.

La pièce préparée pour le commandant n'était autre que la chambre de son père. Aussi n'avait-elle pas été définitivement close comme les autres chambres de l'étage. Petula y introduisit l'officier et estima qu'en dépit du tapis râpé et des rideaux fanés, c'était une pièce très agréable, avec son grand lit à colonnes dans lequel, génération après génération, les Buckden étaient nés, avaient dormi et étaient morts.

– J'espère que vous trouverez tout ce qu'il vous faut, fit-elle, sans trop d'assurance.

Elle était en train de se demander si elle devait offrir les brosses à cheveux de son père. L'officier parut avoir deviné ses pensées car il déclara :

– Mon valet me rapporte ma valise, de sorte que j'aurai tout le nécessaire.

Ce fut seulement en courant dans le couloir conduisant à sa chambre que Petula se dit que son hôte aurait peut-être souhaité un bain. Mais elle songea aussi qu'Annie ne pouvait à la fois chauffer l'eau et s'occuper du dîner. Elle entra dans sa chambre et ce fut alors, en se voyant dans la glace, qu'elle s'avisa soudain de sa tenue désordonnée.

Ses cheveux avaient besoin d'un coup de brosse et tombaient en frisottant le long de ses joues. Sa robe, l'une des plus vieilles, qu'elle ne portait que pour travailler au jardin, était fripée et tachée de terre depuis qu'elle faisait les semences.

– Il doit me prendre pour une vraie souillon! s'exclama la jeune fille.

Elle ôta ses vêtements, se lava à l'eau froide, puis examina sa garde-robe qui n'était guère fournie; depuis la mort de sa mère et la maladie de son père, ils s'étaient trouvés si pauvres que Petula n'avait jamais eu les moyens de s'offrir une robe neuve. Mais comme elle ne pouvait pas non plus s'offrir le luxe de se lamenter sur son sort, elle avait continué à porter ses vêtements ordinaires. Elle avait seulement ajouté une ceinture noire, et des rubans noirs à son bonnet pour aller à l'église le dimanche.

« Qu'est-ce que je vais mettre? » se demandait-elle maintenant. Elle se souvint alors que les vêtements de sa mère étaient encore dans une armoire de sa chambre. Elle avait toujours eu l'intention de les utiliser parce qu'elle désirait ardemment porter tout ce qui avait appartenu à sa mère mais, jusqu'à cet instant, aucune occasion ne s'était présentée de mettre autre chose que ses propres robes, usées jusqu'à la corde.

A défaut d'autre société, Annie aurait jugé ridicule de la part de Petula de s'habiller, alors qu'il n'y avait personne pour la voir, personne avec qui se distraire. Or, maintenant, la jeune fille sentait qu'elle avait une excuse pour songer à paraître – comme aurait dit sa gouvernante – « une jeune demoiselle convenable ».

Elle ouvrit la porte de l'armoire où elle gardait les robes de sa mère et un parfum de rose s'en échappa. C'était un parfum que sa mère distillait elle-même pour ses besoins personnels, de sorte qu'il était impossible de ne pas évoquer son souvenir lorsque les rosiers étaient en fleurs. Petula ferma les yeux un moment : elle sentait le chagrin lui serrer la poitrine, comme toujours lorsqu'elle pensait à sa mère et se rendait compte à quel point elle lui manquait.

Elle sortit une robe bleu pâle, garnie d'un fichu blanc sur les épaules, qui avait été à la mode cinq ans plus tôt. La jupe en était froncée, mais Petula ignorait que cette forme n'était plus au goût du jour. A ses yeux, la robe apparaissait belle et luxueuse. Elle l'étala sur le lit, puis entreprit de se coiffer dans ce qu'elle imaginait être le style du moment. Il lui était difficile d'en juger; son seul guide, concernant ce qui se portait dans le monde ailleurs qu'à Buckden, consistait en un exemplaire du *Journal des Dames* qui, de temps à autre, lui tombait sous la main.

Par chance, ses cheveux naturellement bouclés étaient séduisants de quelque façon qu'elle les arrangeât et, lorsqu'elle eut enfilé sa robe, Petula fut assurée de n'avoir jamais paru si élégante. Elle espérait seulement que le commandant apprécierait l'effort fait en sa faveur, mais sans trop y compter.

Il n'était pas question de s'attarder davantage. S'habiller lui avait pris plus de temps que prévu. Avec un dernier regard sur son miroir, Petula courut vers la cuisine.

– As-tu tout ce qu'il faut, Annie? demanda-t-elle.

– Je peux me débrouiller, mademoiselle Petula, répondit Annie. Evidemment, je me rends parfaitement compte que ce n'est pas un repas bien abondant pour un gentilhomme accoutumé, pour le moins, à une demi-douzaine de services.

– Penses-tu qu'il en mange réellement une demi-douzaine tous les soirs? demanda Petula avec curiosité. Il est très mince et sûrement, s'il dévorait autant, il serait gras!

– Une demi-douzaine, ce n'est qu'un petit dîner dans la demeure d'un gentilhomme, affirma carrément Annie.

La gouvernante faisait autorité en la matière, Petula le savait, parce qu'avant de venir travailler au manoir, elle avait fait partie, comme gouvernante du personnel d'un aristocrate, dans une autre région du comté. Cette maison-là était très importante et, depuis sa plus tendre enfance, Petula s'était régalée d'histoires concernant la façon convenable dont on faisait les choses chez les gens de qualité.

– Je n'ai pas le temps de bavarder maintenant, dit Annie de façon péremptoire. Je présume que vous n'avez pas pensé à offrir à ce gentilhomme un verre de vin?

– Du vin? s'exclama Petula surprise. Mais nous n'en avons pas!

– Il reste à la cave trois bouteilles de bordeaux de votre père, que j'ai conservées jalousement pour une occasion importante, répondit la vieille femme. J'en ai monté une, je l'ai ouverte, et elle doit être maintenant à la bonne température.

– Oh Annie! Tu es merveilleuse! Je n'aurais jamais pensé que nous avions du vin caché quelque part.

– Je n'entendais pas en faire profiter n'importe qui, et moins encore cet Adam, toujours en train de tirer la langue après une goutte d'alcool, répliqua Annie. Mais j'ai jeté un coup d'œil sur notre visiteur quand il est rentré des écuries. C'est un gentilhomme, si jamais j'en ai vu un!

– Oui, c'en est un, approuva Petula, et je suis heureuse que nous ayons du vin, Annie!

– Pour vous, il y a de la limonade, mademoiselle Petula, et j'ai sorti de beaux verres que vous aviez oubliés.

D'un doigt blanc de farine, elle désignait le buffet.

– Comment aurais-je pu savoir qu'il y avait quelque chose pour les remplir? s'exclama la jeune fille. Merci, Annie, tu es merveilleuse!

En portant les verres à la salle à manger, elle se dit que c'était justement le genre de situation qui réjouissait sa gouvernante. Celle-ci était en fait une excellente cuisinière, car la mère de Petula l'avait formée et son père avait eu, pour la bonne cuisine, un penchant qui faisait de la vie avec lui une véritable gageure. Quand Annie préparait quelque chose qui lui plaisait vraiment, il n'omettait jamais de la remercier mais, dans le cas contraire, on ne manquait pas davantage de lui faire savoir qu'elle avait raté ses plats et que sir Martin ne leur avait trouvé aucune saveur.

Petula était certaine que ce soir, bien que forcément simple, la cuisine serait tout à fait honorable, et cela l'étonnerait fort que le commandant Chester, en dépit de ses grands airs, ne l'apprécie pas. Une chose était sûre en tout cas, se disait la jeune fille, c'est qu'il devait se sentir affamé, et son père lui avait toujours dit que, de toutes celles qu'il connaissait, c'était la meilleure raison de manger.

En somme, la présence d'un homme au manoir donnait presque l'illusion d'un retour au temps jadis. Et, en se dirigeant vers le salon, Petula songeait que ce qui lui manquait le plus c'était d'entendre la voix de son père l'appeler dès qu'elle rentrait à la maison.

Elle ouvrit la porte du salon. Son invité était assis dans un fauteuil et, comme elle restait là à le regarder, il se leva, le sourire aux lèvres.

« Cette soirée devient passionnante, pensa Petula, et ce sera une chose que je me rappellerai le reste de mes jours. »

2

Tandis qu'elle le regardait avec de grands yeux, Petula s'aperçut que le commandant s'était changé en tenue du soir.

Certes, jusque-là, elle avait apprécié son élégance. Mais maintenant, il était impossible de ne pas être suffoqué par le chic de son habit bleu à longue queue et son pantalon étroitement ajusté, mis à la mode par le prince de Galles pour les réunions sans cérémonie. Une chaîne de gousset étincelait sur son gilet mais, à part cela, il ne portait aucun bijou, et l'élégance de sa cravate d'un blanc de neige, habilement nouée, ne réclamait aucun embellissement.

Comme si le jeune homme se rendait compte à quel point elle était surprise de sa tenue, il déclara :

– En fin de compte, il me faut accepter votre aimable offre d'hospitalité pour la nuit, mademoiselle Buckden. Le charron m'a informé qu'il lui est tout à fait impossible de finir le travail indispensable avant demain matin. (Petula se montrant incapable de retrouver la parole, il poursuivit :) J'espère que ni moi ni Jason ne vous causerons trop de dérangement. Jason pourra aider votre gouvernante à la cuisine.

– Ce n'est... pas nécessaire, murmura Petula.

Elle avait l'impression que le commandant avait pris en main la maison et qu'elle se retrouvait placée sous son autorité.

Elle s'avança. La robe de sa mère, elle en avait conscience, lui donnait confiance en elle et elle eut bien l'impression, sans en être tout à fait sûre, de découvrir dans les yeux de l'officier un léger soupçon d'admiration.

En fait, il était aussi stupéfié de son apparence qu'elle l'avait été de la sienne. Si elle avait semblé adorable – et c'était assurément le cas – dans sa robe de coton défraîchi, avec ses cheveux décoiffés par le jardinage, elle était maintenant, pensa-t-il, d'une beauté à couper le souffle.

L'œil expérimenté du jeune homme enregistra que la robe était démodée, mais elle lui allait bien, et la mousseline blanche protégeant ses épaules laissait voir la perfection de sa peau. Sa chevelure, également arrangée de façon seyante, sinon coiffée avec art, était comme une auréole soulignant ses yeux immenses et son visage en forme de cœur.

« Elle est adorable et ferait sensation à St. James », se dit à part lui l'officier silencieux. Puis il pensa cyniquement que les fleurs des champs ne supportent pas d'être transplantées et que ce serait pitié d'abîmer celle-ci, si parfaite dans son environnement naturel.

– J'espère que vous avez trouvé... tout ce dont vous... aviez besoin, dit Petula d'une voix faible.

– Jason, comme moi-même, est un vieux briscard, répondit en souriant Adrian Chester et, quand il pense que j'ai besoin de quelque chose, il le réquisitionne de façon à peu près impitoyable.

La jeune châtelaine sentait qu'il convenait de s'asseoir et d'inviter son hôte à en faire autant mais, à cet instant précis, la porte s'ouvrit et Jason annonça :

– Le dîner est servi, ma'ame!

Petula eut un rire léger.

– Tout ceci a un air grandiose, fit-elle, et j'espère que vous ne serez pas trop déçu.

– Puis-je me permettre de déclarer que je commence à avoir l'impression de vivre la plus intéressante, pour ne pas dire la plus passionnante des aventures? répliqua le commandant. Aventure, certes, infiniment préférable au dîner de gala, sans aucun doute lugubre, que vous envisagiez pour moi.

– Peut-être aurait-il été très distrayant, fit remarquer Petula comme ils se dirigeaient vers la porte.

– C'est précisément ce que je pense de notre soirée ensemble, répondit l'officier.

Et Petula se sentit rougir, car il y avait dans sa voix une intonation qu'elle n'y avait pas entendue auparavant.

Dans la salle à manger, la jeune fille avait arrangé la table avec soin, choisissant la nappe bordée de dentelle que sa mère gardait toujours pour les grandes occasions et y disposant les quatre chandeliers d'argent qui appartenaient aux Buckden depuis le règne de George Ier. Au milieu, elle avait placé une coupe basse emplie de seringas et de rhododendrons roses, et elle avait également sorti une très belle porcelaine de Chine qui, depuis la mort de sa mère, avait à peine servi.

Avec satisfaction, elle estima n'avoir pas à rougir de l'ordonnance de leur dîner; et sur le chapître de la nourriture, elle était certaine qu'Annie ne la laisserait pas désappointée.

Ce fut seulement en s'asseyant qu'elle s'aperçut qu'elle s'était placée, d'instinct, sur sa chaise habituelle, laissant le haut bout de la table au commandant. Sans aucun commentaire, celui-ci s'assit, comme si c'était parfaitement son droit, sur le siège que sir Martin avait toujours utilisé. Jason apporta le premier plat et, dès lors, Petula comprit que sa gouvernante avait juré de montrer à leur invité qu'elle connaissait les usages de la bonne société.

Le dîner commençait par le bouillon du pot-au-feu qu'Annie gardait toujours à mijoter sur le fourneau; elle y avait ajouté, comme le devina sa jeune maîtresse, un os de mouton et les morceaux du lapin qui ne devaient pas être servis plus tard. C'était délicieux et l'officier, auquel on présenta une seconde fois la soupière, termina tout ce qui restait. Ensuite, venait un soufflé aux épinards qui était l'un des plats favoris du père de Petula. Celle-ci avait réussi à trouver au jardin juste assez de jeunes pousses pour constituer ce qu'elle avait pensé être le légume du principal service.

– Voilà quelque chose d'exceptionnellement délicieux! dit le commandant. Vous avez de la chance, mademoiselle Buckden, d'avoir une gouvernante aussi bonne cuisinière.

– Maman l'a formée quand elle est arrivée chez nous, expliqua la jeune fille, et papa était toujours très exigeant pour tout ce qui regardait la nourriture.

Son convive ne fit plus aucun commentaire mais dévora le lapin accompagné d'une sauce épaisse dans laquelle, Petula en était certaine, Annie avait mis un peu du bordeaux que buvait l'officier. Les quelques prunes qu'elle avait cueillies sur le mur exposé au midi suffisaient à peine pour une personne. Pour ne pas embarrasser le commandant en le laissant manger tout seul, elle fit remarquer, sans avoir l'air d'y attacher d'importance, qu'elle n'aimait guère les prunes et attendait la saison des fraises.

Le jeune homme, en tout cas, ne montra pas le moindre signe d'embarras quand la miche de pain, cuite au four par Annie, fut posée devant lui toute chaude et craquante, avec un petit fromage à la crème et une grosse motte de beurre. Il s'en coupa une large tranche en disant :

– J'apprécie à chaque moment davantage la chance extraordinaire de n'avoir pas été obligé de loger à l'auberge de *La Couronne et les Plumes.*

Jason, qui se tenait silencieux à côté d'eux et servait avec une habileté due à une longue pratique, posa la carafe de bordeaux sur la table et s'éclipsa. Adrian Chester remplit son verre puis, tout à fait à l'aise, se carra dans son fauteuil. Il avait presque l'air, se dit sa jeune hôtesse, de se trouver à la place qui lui revenait de droit.

– Maintenant, fit-il, parlons un peu de nous.

Pendant tout le dîner, ils avaient parlé de chevaux, des routes de Londres qui, jugeait-il, avaient besoin de réparations, des vastes étendues de terres incultes du Yorkshire, et de divers autres sujets impersonnels. Tout cela avait paru fort intéressant à Petula; c'était la première fois qu'elle dînait en tête à tête avec un autre homme que son père.

– Je crains bien de n'avoir pas grand-chose à raconter, dit-elle alors, mais j'aimerais à vous entendre parler de vous.

– Il se trouve que ce n'est pas un sujet qui m'intéresse en ce moment, répondit l'officier. Je pense qu'il n'est pas nécessaire que je vous dise que vous êtes très belle?

Petula le regarda avec étonnement. Non seulement personne ne lui avait jamais rien dit de tel, mais elle sentait que c'était une déclaration tout à fait surprenante de la part du commandant Chester. Il s'était montré si condescendant à son arrivée! A ce moment-là, il lui avait donné l'impression que rien n'était vraiment assez bon pour lui. Elle se sentit rougir. En même temps, elle savait qu'il attendait une réponse.

– Il n'y a... vraiment personne ici, dit-elle d'une petite voix hésitante, pour... remarquer de quoi j'ai l'air. Adam n'admire que les légumes dans ce qu'il appelle « son jardin ». (Elle fit entendre un petit rire.) Et le vicaire, poursuivit-elle, est... à demi aveugle. Même à l'église, lorsque les enfants de chœur se tiennent mal, pendant l'office, il ne voit rien!

– Et comment se présente l'avenir pour vous? interrogea le commandant.

Petula fit un geste des deux mains. L'officier remarqua à quel point ces mains étaient gracieuses. Ses doigts étaient longs et déliés et, en dépit des travaux de jardinage, bien soignés.

– Je ne puis... répondre à cette question, déclara la jeune fille. J'avais espéré recevoir des nouvelles de mon oncle mais, bien que je lui aie écrit deux fois, je n'ai pas reçu de réponse.

– Vous pensez qu'il décidera de votre avenir?

– Vraiment... je ne sais, répondit Petula. Je ne l'ai plus vu depuis des années... Mais c'est mon plus proche parent.

– Vous ne pouvez guère vivre ici éternellement seule, fit remarquer le commandant.

Petula comprit qu'il pensait à la maison délabrée, aux trous dans le toit des écuries et au jardin envahi par les mauvaises herbes. Une espèce d'orgueil qu'elle ne se connaissait pas la poussa à relever un peu le menton.

– C'est ma demeure, dit-elle tranquillement, et je l'aime!

– Mais êtes-vous satisfaite de rester ici, à cacher votre lumière sous le boisseau? demanda l'officier. Permettez-moi de me répéter, c'est une lumière ravissante.

– Je pense que vous êtes... en train de me flatter, dit Petula, mal à l'aise.

– Je ne fais que dire la vérité.

– J'aimerais vous croire, répondit la jeune fille, mais, même si c'était vrai, cela ne changerait en rien mon avenir qui, en ce qui me concerne, reste totalement mystérieux.

– Vous commencez à m'intriguer. (Le commandant se versa un autre verre de vin et ajouta :) Quel homme ne se sentirait intrigué? Pensez quelle histoire cela pourrait faire! (Il savoura le bordeaux d'un air pensif avant de poursuivre :) J'ai un accident sur un chemin de campagne, je découvre un vieux manoir à moitié en ruine mais, dans ce manoir, une jeune personne si belle, si séduisante qu'elle pourrait, si elle le désirait, provoquer à Londres une révolution!

Pendant un moment Petula, fascinée, l'écouta parler, puis elle éclata de rire.

– Il faut à votre histoire une fin heureuse, avec une fée qui agite sa baguette pour transporter l'héroïne à Londres. Hélas, voilà une chose qui n'arrivera jamais.

– En êtes-vous bien sûre? interrogea le jeune homme.

– Si les souhaits étaient des chevaux, les mendiants pourraient galoper, répliqua vivement Petula. Mais je pense qu'à Londres, les mendiantes ne suscitent guère d'intérêt.

Il y avait en elle, se dit l'officier, un naturel qu'il n'avait encore jamais rencontré chez une jeune fille de son âge; il avait pourtant bavardé avec bien des jeunes femmes, sans avoir cependant jamais eu l'occasion de dîner en tête à tête avec l'une d'elles.

– Dites-moi donc à quoi vous pensez lorsque vous êtes seule, ici.

Il vit une lueur dans les yeux de Petula tandis qu'elle répondait :

– Je passe une bonne partie du temps à me demander ce que nous allons manger. Comme vous l'avez constaté en arrivant, je dois généralement travailler pour avoir de quoi dîner.

– C'est certainement plus dur que de chanter pour cela, renvoya l'officier. Mais, quand vous n'êtes pas occupée à travailler, à quoi vous intéressez-vous?

– A lire et, Dieu merci, il y a pas mal de livres dans la maison. (Elle poursuivit en souriant :) Je suis sûre que vous les trouveriez très démodés parce qu'ils ont été achetés par mon grand-père mais, pour moi, ils renferment ce monde que je n'ai jamais pu visiter et les gens que je n'aurai jamais la chance de rencontrer.

– Pourrions-nous jeter un coup d'œil sur vos livres? suggéra le commandant.

– Vous aimeriez vraiment les voir? fit Petula. Toutefois, je ne voudrais pas vous entendre les dénigrer, pas devant moi, en tout cas.

– Je vous promets de ne rien dénigrer, fit-il. Je me montrerai extrêmement poli, je vous l'assure, comme en toute circonstance, quand je fais de nouvelles connaissances.

– Alors, venez avec moi, dit simplement la jeune fille.

Il ouvrit la porte et elle le précéda hors de la salle à manger, le long d'une galerie. Sur les murs, la peinture s'écaillait et les tableaux qui les ornaient étaient noircis par le temps. Le mobilier était épousseté, mais des poignées manquaient aux commodes, les chaises avaient des pieds cassés ou un cannage troué. L'officier enregistra ces détails alors que Petula y était bien trop habituée pour y trouver matière au moindre commentaire. Elle dépassa la porte du salon où ils s'étaient assis avant le dîner et ouvrit une autre porte au fond du couloir.

Au premier regard, le commandant vit qu'il y avait eu là, jadis, une magnifique bibliothèque, avec des étagères du sol au plafond; certaines étaient chargées de livres mais d'autres montraient de larges vides, et il comprit qu'elles avaient dû être occupées par des ouvrages reliés de cuir.

Petula avait suivi son regard.

– Pendant la maladie de papa, expliqua-t-elle, un marchand m'a acheté une bonne partie des meilleurs ouvrages. Il ne m'en a pas donné grand-chose et j'ai eu du chagrin en les voyant partir, mais cela m'a permis de payer ce que le médecin prescrivait à papa.

Elle ne cherchait nullement, le commandant s'en rendit compte, à éveiller la pitié et se contentait simplement de rapporter les faits.

L'officier jeta un coup d'œil sur les livres qui restaient et vit qu'ils traitaient de sujets très variés, mais susceptibles d'intéresser un érudit plus qu'une jeune fille.

– Les avez-vous réellement trouvés intéressants? demanda-t-il.

– Tout à fait passionnants, répondit-elle. Spécialement ceux qui traitent de l'histoire et les volumes de poésie. (Son interlocuteur restant silencieux, elle poursuivit :) Je ne puis vous dire à quel point je suis reconnaissante à grand-père d'avoir eu du goût pour la littérature. Papa et, pour aussi loin que je puisse savoir, la plupart de mes ancêtres, ne s'intéressaient qu'aux chevaux.

– Je pensais, cependant, que vous aviez apprécié mon attelage, dit le commandant.

– Je sais que vos chevaux sont merveilleux, répondit Petula, mais je n'ai presque pas osé les regarder, de crainte qu'ils ne m'enlèvent toute affection pour cette pauvre vieille Bessie. Depuis des années, elle nous sert si bien et avec tant de constance!

– Une fois de plus, vous raisonnez comme si vous deviez vivre en pauvresse, fit son visiteur. Mais laissez-moi vous dire que votre fortune est inscrite sur votre visage et que, en vous voyant si riche, je me refuse à vous plaindre.

Petula lui lança un regard malicieux.

– Je me demande bien ce que j'en retirerais dans une salle des ventes, dit-elle. Ou bien, pensez-vous qu'un usurier m'avancerait sur ce visage une grosse somme?

Le commandant fut sur le point de faire ce genre de réponse spirituelle et quelque peu risquée qu'on aurait trouvée tout à fait amusante à Londres, mais il se contint. Il voyait bien que la jeune fille avait parlé en toute innocence et, en outre, sans la moindre pose. Comme si elle jugeait qu'il avait cessé de prêter attention aux livres, elle dit :

– Voulez-vous retourner au salon? Je pense qu'Annie vous aura préparé du café, mais je crains de ne pouvoir vous offrir le moindre verre de porto.

– Je suis enchanté de l'excellent bordeaux que j'ai dégusté pendant le repas, affirma l'officier. Je m'attendais à avoir peut-être un autre verre de cidre.

– C'est bien tout ce que je croyais pouvoir vous offrir à dîner, expliqua Petula, mais Annie met toujours des choses de côté en prévision d'un « jour de pluie », et vous êtes incontestablement une tempête!

Le visiteur se mit à rire et ils regagnèrent le salon. Comme la jeune fille s'y attendait, il y avait sur un plateau le petit pot d'argent dont sa mère se servait, et deux tasses avec leur soucoupe, tout ce qui restait en fait d'un service dont les pièces avaient été cassées une à une au cours des années. Petula versa à l'officier une tasse de café puis demanda :

– Voulez-vous m'excuser un instant? Je dois voir si Annie a préparé votre lit.

– Jason lui aura déjà dit que nous restons, répondit le commandant.

– Néanmoins, il faut aussi que je lui parle.

Laissant son hôte seul au salon, la jeune fille grimpa l'escalier jusqu'à la chambre qu'il avait utilisée avant le dîner. Comme elle s'y attendait, Annie était là où, après avoir écarté les rideaux, elle faisait le lit avec les draps de linon les plus beaux.

– Le dîner était parfait, Annie! s'écria joyeusement Petula. Le commandant a tout mangé et a été vraiment très satisfait. Tu as réellement du génie!

– Il faut bien être une magicienne pour nourrir un homme affamé dans cette maison, répondit Annie, péremptoire.

Mais, Petula le savait, Annie savourait ses compliments.

– Tu as pu trouver quelque chose pour son valet?

– Il a avalé votre dîner de demain et le mien, de sorte que, s'il a faim, ce n'est pas moi qu'il faut blâmer.

– Je m'en garderai bien, répondit la jeune fille. C'est tellement passionnant d'avoir un visiteur!

Annie émit un grognement qui n'engageait à rien, puis déclara :

– Pour cette nuit, j'installerai mes affaires dans la chambre voisine de la vôtre, mademoiselle Petula. J'espère seulement que le matelas ne sera pas aussi humide que je le crains.

– La chambre à côté de la mienne? fit la jeune fille tout étonnée. Mais pourquoi?

– Je sais ce qui est convenable, répliqua Annie, et je vous attendrai, mademoiselle Petula, pour m'assurer que vous verrouillez votre porte avant de vous coucher.

– Verrouiller ma porte? répéta Petula. Je ne comprends pas de quoi tu parles.

– Alors, il est temps que vous appreniez que les jeunes demoiselles de votre âge ont besoin d'un chaperon, dit Annie d'un ton définitif, et comme votre pauvre mère – que Dieu ait son âme – ne peut remplir ce rôle, je ferai de mon mieux.

Petula se mit à rire.

– Oh Annie! tu es tout à fait ridicule! Si tu redoutes ce que les gens diront à propos du séjour du commandant ici, cette nuit, qui en saura quelque chose, à part Adam et Ben? (Annie ne répondant rien, Petula lui mit un baiser sur la joue.) Tu es une vieille faiseuse d'embarras, dit-elle. Mais tu es aussi une sorcière, pour ce qui est de la cuisine. J'étais si fière de toi en trouvant chaque plat plus délicieux que le précédent!

Elle quitta la chambre sur ces mots. Il lui était impossible de résister plus longtemps, elle le sentait bien, à l'envie pressante de retourner au salon pour retrouver le commandant.

« Je n'aurai plus jamais la chance de parler à un homme aussi passionnant, se disait-elle. Je ne veux pas perdre une seule minute de sa société. »

A son entrée au salon, il se leva puis se réinstalla sur une chaise, tournant le dos à la fenêtre, de sorte que Petula, assise en face de lui, recevait en plein visage la lumière du soir.

Le soleil se couchait et les ombres, comme les collines au loin, prenaient des teintes mauves et mystérieuses. Par les fenêtres ouvertes arrivaient les cris aigus des chauves-souris et les profonds croassements des corneilles cherchant à se percher. A part cela régnait un calme qui semblait magique. Comme Petula entendait tous ces bruits chaque soir, elle n'y prenait pas garde et ses yeux restaient fixés sur ceux du commandant Chester.

Elle constata alors que ces yeux étaient gris, d'un gris acier, et elle se dit qu'ils avaient une expression pénétrante, comme si l'officier pouvait voir en elle et y lire quelque chose; mais elle n'avait aucune idée de ce que ce pouvait être. Parce qu'elle se sentait un peu intimidée, elle dit impulsivement :

– Annie a tout préparé pour vous et... vous allez trouver cela drôle... elle a tellement peur des commérages qu'elle va s'installer dans la chambre voisine de la mienne. Elle m'a même enjoint de verrouiller ma porte. (Elle s'attendait à voir le jeune homme se mettre à rire, mais, voyant qu'il n'en faisait rien, elle poursuivit :) Je lui ai demandé qui était susceptible de critiquer l'absence d'un chaperon, à part Ben, qui ne s'intéresse qu'aux voitures, et Adam, qui souhaite ne parler que de pommes de terre.

– Je suis enchanté que vous soyez si bien surveillée, laissa tomber son hôte.

– J'ai dit à Annie qu'elle était une vieille faiseuse d'embarras, remarqua Petula, mais elle était ravie que vous ayez apprécié son dîner. (Elle fit une pause, avant de demander avec une légère anxiété :) Vous l'avez vraiment apprécié ?

– Plus que je ne puis vous le dire, répondit Adrian Chester, non seulement à cause de l'excellence de la nourriture, mais parce que je jouissais d'une société exceptionnellement intéressante.

Pendant un instant, Petula ne comprit pas de qui il voulait parler, puis elle dit en souriant :

– Maintenant, vous voilà de nouveau en train de me flatter. Racontez-moi donc quelque chose à propos des dames ravissantes avec lesquelles vous dînez à Londres. Leur compagnie doit être si amusante ! De quoi parlent-elles ?

– D'elles-mêmes ou encore, bien sûr, d'amour, répondit le commandant.

– D'amour ? fit Petula, l'air stupéfait. Mais...

– Mais quoi ?

– Je voulais dire seulement qu'on ne peut souhaiter parler d'amour avec tous les gens en compagnie desquels on dîne! Ou peut-être ne dînez-vous qu'avec... une personne particulière, celle que vous aimez?

L'officier sourit *in petto* de l'innocence de la question, mais dit à haute voix :

– Sachez que parler d'amour dans l'abstrait est un sujet passionnant pour la plupart des gens.

– Je n'aurais jamais pensé qu'il pouvait... en être ainsi, dit Petula.

– Et que pensiez-vous donc?

– Je pensais qu'on rencontre quelqu'un, répondit-elle lentement, et une fois qu'on est parvenu à bien le connaître, on s'aperçoit qu'on souhaite rester avec cette personne pour le reste de la vie, et qu'il en va de même pour elle.

– Et ensuite, que pensez-vous qu'il arrive?

La jeune fille hésitait, n'osant pas le regarder, et ses cils projetaient une ombre sur ses joues.

– Je suppose..., finit-elle par dire d'une petite voix hésitante, qu'ils... s'embrassent.

– Et on ne peut faire cela que si on s'aime vraiment? demanda le commandant.

– Bien sûr, répliqua Petula. On ne peut pas... embrasser quelqu'un autrement. Ce serait... horrible!

L'officier sourit à nouveau discrètement.

– Et pensez-vous que cela vous arrivera un jour? Mais si vous restez ici, à ne voir que Ben et Adam, d'où pourra bien venir votre prince charmant?

– Je me le demande, mais je suis sûre que si le destin en a décidé ainsi, et que les dieux me sont propices, il m'apparaîtra forcément, répondit Petula d'un ton léger. Peut-être aura-t-il un accident avec son phaéton dans le village?

Elle s'exprimait d'un air taquin et l'officier vit bien qu'elle n'avait aucune arrière-pensée de coquetterie ou de flirt, comme c'eût été le cas de la plupart des femmes.

– C'est toujours une possibilité, répondit-il. Ou encore, il pourrait descendre par la cheminée, comme le père Noël!

Le rire de Petula se fit entendre de nouveau.

– Il ne serait sûrement guère attrayant ainsi, tout couvert de suie! Et puis, nos cheminées sont si vieilles et biscornues qu'il lui faudrait être un acrobate pour y descendre.

– Voilà qui pourrait certainement paraître un obstacle à un véritable amour, dit le commandant d'un ton caustique.

– Mais cela ferait une histoire passionnante, dit Petula. Oh! cher monsieur! vous êtes en train de me faire comprendre que, décidément, la bibliothèque de grand-père comportait de graves lacunes.

– Pourrais-je suggérer qu'au lieu de cela, vous alliez à Londres pour y chercher l'aventure et, bien sûr, le prince de vos rêves?

Pendant un moment, Petula resta silencieuse. Elle regardait au-dehors le ciel qui s'assombrissait.

– Je me raconte quelquefois une histoire à moi-même, fit-elle, dans laquelle je vais à Londres. En fait, là, je finis par rencontrer quelqu'un que j'aime. Je me marie et je vis heureuse pour toujours. (Elle avait parlé d'une voix rêveuse, tandis que s'épanouissait sur ses lèvres un sourire spontané.) Alors, acheva-t-elle, je me rappelle que je n'ai pas les moyens de me payer une voiture même jusqu'à la ville la plus proche, sans même parler de Londres! Et, à pied, ce serait vraiment une longue, très longue marche!

Ce fut au tour de l'officier de rire.

– Je crains que vous ne soyez pessimiste. La plupart des jeunes filles de votre âge et, à coup sûr, toutes celles qui sont jolies, n'attendraient pas que le destin se décide à descendre par la cheminée ou qu'un accident se produise au village. Elles se battraient coûte que coûte pour obtenir ce qu'elles désirent.

Sans bien se rendre compte de ce qu'elle faisait, Petula se leva et marcha vers les fenêtres.

– Vous me donnez l'impression que je suis stupide et peu entreprenante, dit-elle. En fait, je ne suis pas tout à fait... sûre... de savoir ce que je veux.

Le commandant l'avait suivie et se tenait juste derrière elle. Il lui dit :

– Vous désirez sûrement ce que toutes les femmes désirent : l'amour, et un homme qui veille sur vous? (Elle ne répondit rien et il poursuivit d'une voix plus basse :) Comme je vous l'ai dit, Petula, vous êtes d'une grande beauté, et bien des hommes seraient trop heureux de déposer leur cœur à vos pieds.

– Si je dois partir à leur recherche, répliqua la jeune fille, cela gâtera le roman. Dans les livres, le Chevalier tue le Dragon et sauve la Demoiselle en détresse. Ce n'est pas elle qui part à la chasse après lui!

C'était bien précisément, pensa brusquement l'officier, ce qui n'allait pas, à Londres, avec les jeunes femmes de sa connaissance. Toutes n'étaient que trop disposées à chasser pour leur compte. En fait, elles avaient déjà, de façon ou d'autre, liquidé le Dragon longtemps avant l'apparition du Chevalier. Il allait faire une remarque, mais Petula poursuivit :

– Je réfléchis à ce que vous m'avez dit. Je me souviendrai de cette conversation lorsque vous serez parti, mais je ne crois pas que j'aurai le... courage d'agir comme vous me le suggérez, et je suis à peu près certaine que maman n'aurait pas souhaité me voir partir pour Londres... toute seule.

– Ce n'est pas exactement ce que j'envisageais, dit le commandant.

– Alors, tout est très simple, répondit Petula. Je devrai attendre que quelqu'un vienne me chercher et, si personne ne se présente, il faudra bien que je reste ici.

Elle le regardait avec l'expression d'un enfant qui vient de résoudre un problème plutôt difficile. Alors, comme ses regards rencontraient ceux de l'officier et qu'il lui était impossible de détourner les yeux, elle eut l'impression que quelque chose de très étrange et inexplicable se produisait entre eux.

Tout ce qui les entourait sembla s'évanouir, excepté les yeux du jeune homme qu'un sortilège faisait briller comme un rayon de lune. Combien de temps restèrent-ils ainsi, fascinés? Petula, par la suite, ne put jamais le déterminer. Puis, de façon abrupte et inattendue, Adrian Chester déclara, avec une pointe de sécheresse :

– La journée a été longue et, comme je dois me lever tôt demain matin, je crois que je ferais bien de me retirer.

Pendant un moment, Petula resta sans voix. Puis, l'air un peu absent, comme si elle redescendait sur terre du sommet d'une montagne, elle répondit :

– Oui... oui... bien sûr... Annie a dû laisser une bougie dans le hall pour... vous éclairer dans l'escalier.

Elle allait s'éloigner de la fenêtre, mais l'officier se tenait debout, juste derrière elle et il lui était impossible de traverser la pièce s'il ne se déplaçait le premier. Et, de nouveau, les yeux du jeune homme se posèrent sur son visage.

– Quand vous serez plus âgée, Petula, dit-il d'une voix grave, vous comprendrez qu'en ce moment je me conduis envers vous comme votre mère et Annie souhaiteraient me voir le faire. (Petula le regarda d'un air interrogateur, et il vit bien qu'elle ne comprenait pas. Il lui prit la main.) Bonne nuit, fit-il, et merci, non seulement pour votre hospitalité, mais aussi pour m'avoir montré qu'il y a encore, en ce monde, des choses qui demeurent intactes, aussi adorables et pures que les a voulues le Seigneur.

Il lui baisa la main et elle sentit sur sa peau ses lèvres fermes, chaudes et, en même temps, étrangement peu appuyées. Puis il tourna les talons sans rien ajouter et quitta le salon, en fermant la porte derrière lui.

Petula demeura à l'endroit même où il l'avait laissée, ayant seulement conscience qu'à son contact elle avait ressenti quelque chose de très étrange dans la poitrine. Une sensation qu'elle ne comprenait pas. Elle savait seulement que cela la laissait sans souffle, muette et, en même temps, vibrante comme à l'audition d'une musique.

Elle resta là, immobile, pendant un temps qui aurait pu être une seconde ou une heure. Puis, comme se rappelant soudain ses devoirs, elle ferma la fenêtre, tourna le loquet et tira les rideaux. Elle traversa la pièce d'un pas assuré et, sans avoir besoin de bougie, monta l'escalier et gagna sa chambre. Elle entendait Annie aller et venir dans la pièce voisine et elle achevait de se déshabiller quand la vieille femme ouvrit la porte de communication pour dire :

– Verrouillez votre porte, mademoiselle Petula, et pas de discussion là-dessus!

– Oui, bien entendu, Annie, si tu y tiens.

Il était toujours plus facile de faire ce que voulait Annie que d'essayer de lui tenir tête. La gouvernante referma la porte et Petula se rendit compte qu'elle attendait derrière. La jeune fille tourna bruyamment la clef dans la serrure et, seulement alors, entendit Annie traverser la chambre et se coucher.

Petula se mit au lit mais ne parvint pas à trouver le sommeil. Elle ne pouvait penser qu'à la sensation que lui avaient procurée les lèvres du commandant en se posant sur le dos de sa main. Plus tard, elle mit celle-ci sur l'oreiller et appuya sa joue contre elle. Et elle crut ressentir à nouveau cette impression étrange dans la gorge.

« Demain, il sera parti, se dit-elle, mais je me souviendrai toujours de tout ce qu'il m'a dit et de la façon dont il m'a regardée. » Elle dut finir par s'endormir, puisqu'elle se réveilla au moment où Annie tirait les rideaux de sa chambre.

– Je suis obligée de vous faire lever de bonne heure, mademoiselle Petula, dit la vieille femme. Avec deux hommes dans la maison, et ces maudites poules qui n'ont pas pondu un seul œuf!

Petula se dressa dans son lit et vit qu'Annie était déjà habillée.

– Je vais aller en chercher quelques-uns à la ferme, dit-elle.

– J'espérais que vous alliez me le proposer, dit Annie. J'aurais bien envoyé Adam, mais il n'est pas encore arrivé. Et il est si lent que l'heure du déjeuner sonnera avant qu'il rapporte ce que je demande.

– Il ne me faudra pas plus de dix minutes pour traverser la prairie, affirma Petula.

Tout en parlant, elle sauta du lit. Elle fit sa toilette, s'habilla et était sur le point d'enfiler une de ses vieilles robes quand elle hésita et se tourna vers l'armoire qui contenait les affaires de sa mère. Le soir précédent, le commandant l'avait jugée belle et elle se dit que, ce matin, il pourrait bien s'apercevoir qu'il s'était trompé. Elle se mit donc à fouiller dans l'armoire et choisit une jolie robe que sa mère n'avait mise qu'une ou deux fois. Annie allait trouver cela étrange, pensa Petula, de la voir s'habiller ainsi pour courir à travers champs, mais elle était à peu près sûre qu'à son retour elle n'aurait pas le temps de se changer avant que l'officier ne descende pour le petit déjeuner.

Il était très tôt et le soleil, pas tout à fait levé, n'était encore qu'une lueur à l'orient. La rosée couvrait l'herbe quand Petula s'élança dans la prairie, un panier d'osier au bras.

La ferme qui leur fournissait le lait était jadis réservée à l'usage exclusif du manoir, mais il avait fallu la louer comme les autres fermes du domaine. La redevance payée par les métayers représentait le seul argent qui faisait vivre Petula. Encore était-elle peu importante parce que fermes et dépendances étaient en très mauvais état.

Mme Holbridge, la femme du fermier, était une personne replète et agréable; elle accueillit joyeusement la jeune châtelaine.

– Que puis-je faire pour vous, mademoiselle Buckden? demanda-t-elle. Vous êtes étonnamment matinale!

– Nous avons eu des hôtes la nuit dernière, répondit Petula. Un gentilhomme a eu un accident sur la route et Ben est en train de réparer sa roue.

– Et, bien sûr, ce monsieur souhaitera se rassasier un peu pour son petit déjeuner, fit Mme Holbridge avec un sourire.

– Je vous serais très reconnaissante si vous pouviez me donner quelques œufs. Annie a utilisé tous les nôtres hier soir, pour le dîner.

– Un œuf est insuffisant pour un homme affamé, répondit Mme Holbridge. Je vais vous donner une tranche de notre jambon fait à la maison.

– C'est très gentil à vous, Mme Holbridge; bien sûr, je vous paierai tout cela.

– Je ne veux pas en entendre parler, mademoiselle Buckden, dit vivement la fermière. Seulement, n'en dites rien à M. Holdbridge, ou il vous retiendra ce que je vous donne sur le loyer, quand il vous paiera. Il n'y a pas plus près de ses sous qu'un gars du Yorkshire!

Elle rit de sa propre plaisanterie, et Petula la vit avec satisfaction placer dans son panier un bon nombre d'œufs bruns et des lamelles de bacon, sans compter plusieurs tranches de jambon.

– J'aimerais bien que nous ayons encore une ferme à nous, fit-elle impulsivement.

Mme Holbridge comprit ce qu'elle voulait dire.

– Oui, nous vivons bien, répondit-elle, mais nous travaillons dur pour avoir tout cela. Ce matin, les hommes étaient déjà aux champs avant l'aube.

– Mon père disait toujours que M. Holbridge est un bon fermier, dit poliment Petula.

– Votre père était un véritable gentilhomme, mademoiselle, et je suis sûre qu'il vous manque.

– Oh oui! répondit la jeune fille.

Elle sentit que Mme Holbridge, à propos de son père, allait s'embarquer dans un long discours incohérent, déjà entendu maintes fois, aussi prit-elle vivement le panier.

– Merci, Mme Holbridge, vous êtes un ange, et je vous suis très reconnaissante! dit-elle et, sans plus attendre, elle se précipita en direction du manoir.

En fait, cela lui avait pris plus de temps que prévu pour arriver à la ferme parce que l'herbe, qui avait poussé au cours des dernières semaines, entravait sa marche, encore ralentie par la longue robe de sa mère. Aussi, elle prit par le bord du champ où elle pouvait avancer plus vite, même si cela lui faisait faire un détour pour arriver au manoir. Cela l'obligeait aussi, à moins de sauter une haie, à suivre la lisière d'un petit bois avant de déboucher presque directement au bas de la pelouse.

Il faisait frais et ombreux sous les rameaux des bouleaux, et les jacinthes des prés, qui formaient un tapis aussi bleu que ses yeux, commençaient à se faner. Mais il y avait encore, sur la mousse, des primevères d'un jaune vif et même des violettes blanches que Petula se promit de venir cueillir dès qu'elle aurait un moment.

Un petit chemin serpentait entre les troncs d'arbres et elle arrivait au bout quand elle aperçut, avec un battement de cœur, quelqu'un qui se dirigeait vers elle. C'était sans aucun doute possible le commandant Chester, et elle remarqua que ses bottes vernies étaient tachées de pollen.

Tout en se rapprochant de lui, elle sentait que son cœur battait d'une façon particulière et, bien qu'elle souhaitât adresser la parole au jeune homme avec un parfait naturel, aucun mot ne put franchir ses lèvres.

– Annie m'a expliqué où vous trouver, dit-il quand ils furent face à face. Comme je me sentais de l'appétit pour le petit déjeuner, j'ai pensé que je pourrais vous aider à le rapporter.

– Merci, dit Petula, mais ce n'est pas... vraiment... très lourd.

Elle se demandait pourquoi sa voix avait un son si étrange et puis, une fois de plus, ayant levé les yeux sur l'officier, il lui devint impossible de regarder ailleurs.

– Je souhaitais également vous dire au revoir, fit-il, ce que j'ai oublié de faire hier soir.

Petula se dit que sa voix, à lui aussi, avait un son bizarre. Mais elle était incapable de penser à autre chose qu'à ses yeux qui plongeaient au plus profond de son cœur. L'officier lui enleva le panier du bras et le posa sur le sol; puis, comme elle restait là à attendre, avec l'impression de rêver, il la prit dans ses bras.

– Je n'ai pas pu dormir tant je pensais à vous, dit-il, et puis il posa ses lèvres sur les siennes.

Pendant un instant, Petula resta seulement surprise de ce qu'il lui arrivait. Puis les émotions qui lui avaient soulevé la poitrine lorsque le jeune homme lui avait baisé la main reparurent, mais en s'amplifiant jusqu'à ce qu'émerveillée, elle les sente pénétrer tout son corps comme un rayon de soleil.

Les lèvres du commandant, tout d'abord fermes contre la douceur et l'innocence des siennes, se firent ensuite si tendres et caressantes qu'elle sentit tout son être la quitter pour devenir une part de lui-même. C'était si merveilleux, si parfait, que

Petula eut l'impression qu'ils se trouvaient seuls en un lieu secret – loin de ce monde – un lieu d'une beauté magique et indescriptible. Elle connut alors une exaltation qui participait de la divinité.

L'officier la retenait captive et elle crut que son âme passait dans la sienne, pour y demeurer toujours, jusqu'au moment où il murmura, d'une voix curieusement tremblante :

– Voici une conclusion convenable pour un conte de fées.

Petula ne pouvait plus bouger, le regard levé vers lui. Ses yeux paraissaient emplir tout son visage et disaient au jeune homme, sans qu'il fût besoin de paroles, tout ce qu'elle ressentait. Elle croyait qu'il allait encore l'embrasser, mais il déclara avec une soudaine brusquerie :

– Il nous faut rentrer. Je dois me mettre en route dès que possible.

3

Le phaéton disparut à sa vue au tournant du chemin et longtemps Petula resta là, à regarder l'endroit où elle l'avait aperçu pour la dernière fois. Puis elle poussa un soupir qui paraissait sortir du fond de son âme.

Ainsi, comme l'avait dit l'officier, s'achevait son rêve. Ils avaient regagné la maison en silence. Comme ils arrivaient sur la pelouse à l'herbe drue, il avait posé les yeux sur la jeune fille, avec une expression qu'elle ne parvint pas à déchiffrer.

– Tout cela était un songe, dit-il avec calme, un enchantement qu'aucun de nous, j'en suis sûr, ne pourra oublier. (Il avait marqué une pause avant de continuer :) Nous ne nous reverrons plus, Petula, mais jamais, où que ce soit, je ne retrouverai un moment d'une telle perfection enchanteresse.

Il ne l'avait pas touchée mais, à une note plus profonde dans sa voix, elle sentit qu'en pensée il la serrait dans ses bras. Comme en se contraignant, il se dirigea vers la maison et entra dans le salon par une porte-fenêtre.

Elle avait compris qu'il souhaitait ne pas être suivi; aussi contourna-t-elle la maison avec son panier jusqu'à l'entrée de la cuisine. Dans la pièce Annie, exaspérée, s'agitait.

– Comment avez-vous fait pour mettre autant de temps? s'exclama-t-elle. Le commandant est levé et veut partir!

Petula ne répondit rien. Elle se contenta de monter dans sa chambre pour se regarder dans son miroir, comme si elle pensait se trouver complètement changée. Elle pouvait encore sentir les lèvres de l'officier sur les siennes, sentir encore son cœur battre contre sa poitrine tandis qu'il la serrait étroitement contre lui. C'était comme si elle se mouvait dans un songe; mais le songe touchait à sa fin et il allait lui falloir revenir à la réalité.

Elle eut conscience, de façon vague – car, en un sens, elle ne parvenait pas à penser clairement – que le commandant devait terminer son petit déjeuner et que Jason avait amené le phaéton jusqu'à la porte d'entrée. Puis, à la toute dernière minute, alors que l'officier prenait son chapeau haut de forme dans le hall, elle descendit l'escalier.

Il sentit sa présence d'instinct et leva les yeux pour la regarder marcher avec cette grâce qu'il avait remarquée la première fois, quand elle était sur le chemin de la maison en venant du jardin. Elle levait le menton mais, sur son délicat visage, ses immenses yeux étaient assombris. En entrant dans le hall, elle s'arrêta, les yeux levés de nouveau sur le jeune homme, et ils se retrouvèrent tous deux pris dans la même fascination.

– Au revoir, Petula, dit-il, et sa voix, quoique basse, semblait vibrer dans tout le petit hall.

– Au revoir, répondit-elle, et les mots étaient à peine chuchotés.

Pendant un très long moment, ils restèrent à se

regarder dans les yeux. Puis, dehors, devant la porte, l'un des chevaux agita son harnais et brisa le sortilège.

Sans un mot, sans effleurer la main de Petula, l'officier descendit les marches et sauta dans son phaéton. A peine consciente de ses gestes, la jeune fille le suivit et resta debout, à regarder les chevaux se mettre en marche, enregistrant, en un coin de son cerveau, la façon experte dont le commandant les conduisait.

Jason souleva son chapeau, mais l'officier regardait loin devant lui, les lèvres serrées ne formant plus qu'une ligne, le menton arrogant. Le phaéton fit des embardées sur les trous de l'allée, mais il ne fallut que quelques secondes pour que les chevaux, frais et impatients de prendre la route, atteignent le tournant. Alors, ils disparurent aux regards.

– Je ne le reverrai jamais, dit tout bas Petula.

Elle attendit que le chagrin la frappe comme une dague dans la poitrine. Elle sentait qu'elle se déplaçait comme dans un rêve. Elle traversa le hall, mais Annie arrivait en hâte par le couloir de la cuisine.

– Mademoiselle Petula, qu'est-ce que vous en dites? cria-t-elle. (Sans attendre de réponse, elle poursuivit :) Lorsqu'il m'a dit au revoir, le valet du gentilhomme m'a fourré quelque chose dans la main en me disant que son maître et lui avaient passé une nuit confortable. Et qu'ils étaient très reconnaissants pour l'hospitalité que nous leur avons offerte. (Tout en parlant, elle ouvrit la main et contempla ce qu'elle contenait avant d'ajouter :) Je n'avais pas regardé jusqu'à maintenant ce qu'il m'avait donné, mais voyez ce que c'est, mademoiselle Petula!

Avec effort, Petula s'obligea à regarder ce qu'Annie tenait dans la main. C'étaient deux larges pièces d'or dont chacune valait cinq guinées (1).

– Dix guinées, mademoiselle Petula! fit Annie avec une voix à rompre les oreilles. Dix guinées pour une nuit! Je n'arrive pas à en croire mes yeux!

– Tu... tu leur as donné un excellent dîner, fit Petula d'une voix qui n'avait pas son intonation habituelle.

– Eh bien, nous ne mourrons sûrement pas de faim cette semaine! s'exclama la vieille gouvernante. Je vous avais bien dit que c'était un véritable gentilhomme, il n'y avait pas à s'y tromper!

– Non, Annie... il n'y avait pas à s'y tromper, approuva Petula, en allant vers le salon.

Elle avait une bonne douzaine de choses à faire et elle était certaine qu'Adam l'attendait au jardin. Mais elle était incapable de penser à autre chose qu'à l'élégant officier parlant dans cette pièce, et à ce qu'elle avait ressenti lorsqu'elle se tenait devant cette fenêtre et qu'il restait debout derrière elle. Elle savait maintenant, bien qu'elle ne s'en soit pas douté sur le moment, qu'elle souhaitait alors qu'il l'embrasse et elle était certaine qu'il en allait de même pour lui. Elle comprenait maintenant ce qu'il avait voulu dire en affirmant :

– Quand vous serez plus âgée, Petula, vous comprendrez qu'en ce moment je me conduis envers vous comme votre mère et Annie souhaiteraient me voir le faire.

Si seulement il l'avait embrassée à cet instant,

(1) 1 guinée = 21 shillings, soit une livre et un shilling. La guinée n'est plus employée depuis le début du XXe siècle. *(N.d.T.)*

regretta-t-elle, ce n'est pas un moment enchanté qu'elle pourrait se rappeler, mais deux.

« Il faut que je retourne dans le bois », se dit-elle.

Elle souhaitait se rattacher à l'émerveillement et l'exaltation qu'elle avait connus en cet endroit avant de les perdre comme elle avait perdu le commandant. Elle franchit la porte-fenêtre et sortit sur la pelouse, mais à peine avait-elle fait quelques pas qu'elle entendit la voix d'Annie.

– Où donc allez-vous, mademoiselle Petula? J'ai besoin de vous pour m'aider à faire le lit.

Petula se retourna. Annie lui parlait de la fenêtre de la chambre qui avait été celle de son père, celle où le commandant avait passé la nuit.

– Cela ne peut-il attendre? demanda-t-elle.

– Je veux le faire maintenant, avant d'aller au village, répliqua Annie.

A contrecœur, Petula refit le chemin en sens inverse, regagna la maison et monta l'escalier.

La vieille gouvernante avait déjà enlevé les draps de linon de l'immense lit à colonnes et en dépliait une autre paire, tirée de l'armoire à linge.

– Venez par ici, mademoiselle Petula, dit-elle d'un ton autoritaire. Cela ne vous vaut rien de rester là à flâner. J'étais en train de penser que ce serait bien d'avoir un bon morceau de bœuf pour le déjeuner. Cette semaine, nous pouvons certainement nous le payer.

Elle lança un drap à travers le lit et Petula, d'un geste automatique, commença à le déplier. Il sentait bon la lavande, sa mère ayant toujours insisté pour que chaque année, au moment où elle-même confectionnait ses mélanges, on place des sachets de lavande fraîche dans l'armoire à linge.

– Je ne vois pas pourquoi nous sommes en train de refaire ce lit, remarqua Petula. Le commandant... ne va pas... revenir.

Il y avait dans sa voix un léger trouble, en prononçant ces derniers mots, mais Annie n'y prit pas garde.

– J'ai comme le pressentiment, répondit-elle, qu'ayant eu un visiteur, nous pourrions bien en voir arriver un second.

– C'est tout à fait improbable, répondit la jeune fille, convaincue qu'il ne se produirait pas un autre accident au village avant vingt ans peut-être.

– Avez-vous oublié que nous attendons toujours votre oncle?

– Il n'a pas répondu à ma première lettre, rétorqua Petula, il n'y a donc aucune raison de penser qu'il répondra à la seconde.

– On ne sait jamais, fit Annie. Les postiers ne sont pas toujours très dignes de confiance, et il y a loin d'ici à Londres.

Puis, tout en disposant les couvertures sur le drap de dessus, elle ajouta, avec une intonation différente :

– J'étais justement en train de penser, mademoiselle Petula, qu'il serait maladroit de votre part de raconter à quiconque, et spécialement à votre oncle, si jamais il vient, qu'un homme a passé ici la nuit dernière.

Petula la regarda et Annie poursuivit :

– Vous savez aussi bien que moi comme les gens ont l'esprit mal tourné et aussi la langue bien pendue. J'ai veillé sur vous comme votre mère l'aurait souhaité, mais qui accorderait foi à la parole d'une domestique? (Elle s'exprimait sans aucune amertume et continua :) Maintenant, vous êtes une jeune fille de bon sens et vous agirez comme je vous le demande. Oubliez tout simplement que nous avons eu un visiteur, bien que nous lui soyons assez reconnaissantes de ce qu'il nous a laissé. (Comme si elle remarquait tout à coup que Petula ne répondait pas, elle insista :) Promettez-le-moi, chère enfant! Je sais ce qui est préférable et vous pouvez me faire confiance pour décider de ce qui convient.

– J'ai tout à fait confiance en toi, Annie, répondit Petula, et bien sûr je te promets, si cela peut te faire plaisir.

– Voilà ma gentille petite fille! dit Annie, avec un sourire. (Elle se saisit de la courtepointe de velours et, avec l'aide de Petula, en recouvrit le lit.) Je donnerai un coup de balai et tirerai les rideaux à mon retour, fit-elle. Et maintenant, ma capeline et ma cape! Nous déjeunerons peut-être un peu tard, mais cela vaudra la peine d'attendre.

Elle s'empressa de filer par le couloir et Petula resta là un moment, en se disant que c'était dans cette chambre que le commandant avait dormi la nuit précédente. Sa tête avait touché ces oreillers. Il s'était vu reflété par le miroir encadré de noyer, placé au-dessus de la commode en marqueterie que son père avait toujours utilisée comme table de toilette.

Elle alla à la fenêtre. Au delà de la prairie, dans le bois, elle pouvait voir le vert printanier des arbres. Comme si elle craignait d'être arrêtée une fois encore, elle descendit l'escalier quatre à quatre, se précipita par la porte-fenêtre du salon et courut à travers la pelouse aussi lestement que ses jambes le lui permettaient.

Le déjeuner ne fut pas terminé avant 2 heures de l'après-midi, mais Annie s'était régalée du bœuf rapporté du village et de l'excellent fromage du pays qui avait complété le repas.

Il avait été difficile à Petula de se forcer à manger quelque chose. Chaque bouchée, lui semblait-il, lui restait dans la gorge et il lui fallait faire un effort pour l'avaler. Mais, sachant à quel point « la cuisinière » serait déçue, elle se força à avoir l'air de se nourrir. Dès que la vieille femme quittait la pièce pour aller chercher quelque chose à la cuisine, Petula remettait les tranches de bœuf de son assiette dans le plat, en souhaitant qu'Annie ne s'aperçoive de rien.

– Espérons, fit celle-ci en achevant de desservir, que vous prendrez un peu de poids la semaine prochaine, ou la suivante. Cela me rend malade, et je suis lasse de rétrécir vos corsages de robes! Le plus beau cadeau que vous puissiez me faire serait de m'obliger à les élargir à nouveau.

– Je ne suis pas plus mince que n'était maman, répondit Petula. Sa robe, hier au soir, m'allait très bien.

– Votre mère n'avait plus que la peau et les os, les derniers temps, rétorqua Annie, à force de soigner votre père et de se tourmenter pour lui et pour vous. Elle était devenue une vraie sylphide, comme je le lui disais toujours.

Petula sourit.

– Tu voudrais me voir rondelette comme une Allemande, Annie, mais je n'ai nulle intention de jamais devenir ainsi.

Et tout en parlant, elle ouvrait la porte de la salle pour rapporter la vaisselle à la cuisine. Car, même lorsqu'elles étaient seules, Annie ne lui aurait jamais permis de prendre ses repas ailleurs qu'à la salle à manger.

– Je sais ce qui est convenable, mademoiselle Petula, disait-elle souvent. Je ne veux pas vous voir assise dans ma cuisine, ce n'est absolument pas votre place, et vous le savez fort bien!

Petula, quant à elle, se disait tout bonnement que tout cela faisait des allées et venues et du travail en plus. Mais elle savait qu'Annie tenait à préserver une apparence de vie seigneuriale, en dépit du fait qu'elles vivaient dans une maison qui tombait en ruine sur leur tête, et qu'elles disposaient d'à peine assez d'argent pour survivre. Elle allait s'engager dans le couloir quand elle s'arrêta.

– Qu'est-ce que c'est? fit Annie qui la suivait.

– Je crois qu'il y a quelqu'un à la porte d'entrée.

Petula posa sur une table du couloir les assiettes qu'elle tenait à la main et se dirigea vers le hall. On n'avait pas refermé l'entrée après le départ du commandant, et voilà qu'à son grand étonnement elle apercevait, par cette porte grande ouverte, un véhicule arrêté à l'extérieur.

Pendant un instant, son cœur cessa de battre, car elle se demandait si l'officier n'était pas de retour. Puis elle se rendit compte qu'il ne s'agissait pas d'un phaéton, mais d'une chaise de poste, tirée par deux chevaux.

Déjà dans le hall, à quelque distance de la porte de sorte qu'elle ne l'avait pas remarqué tout d'abord, se tenait un gentilhomme. Elle lui jeta un coup d'œil et, bien qu'elle ne l'ait plus vu depuis dix ans, reconnut aussitôt son oncle.

Il ressemblait indiscutablement à son père mais Roderick Buckden, plus svelte et habillé à la dernière mode, était de loin plus élégant que sir Martin n'avait jamais réussi à paraître.

– Vous devez être Petula! s'exclama-t-il.

– Oncle Roderick... vous êtes enfin venu! s'écria la jeune fille. Je pensais que vous n'aviez pas reçu mes lettres.

– J'ai reçu une lettre de vous il y a un peu plus de trois semaines, répondit-il, dans laquelle vous faisiez allusion à une précédente missive. Celle-ci ne m'est jamais parvenue.

– Je l'ai envoyée à la seule adresse de vous que papa possédait, expliqua Petula. Puis, comme vous ne répondiez pas, j'ai pensé qu'il valait mieux écrire à nouveau et je me suis souvenue que votre club était à St. James.

– C'est l'un de mes clubs, répondit son oncle. Mais vous avez dû écrire d'abord à une ancienne adresse. Voilà pourquoi je ne suis pas accouru aussitôt et je n'avais aucune idée que votre père était mort.

– Il est mort juste avant Noël.

– J'en suis navré! J'aurais souhaité assister à l'enterrement.

Son oncle parlait d'un ton un peu distrait, et Petula se rendit compte que son regard faisait le tour du hall, se posait sur la place des vitres qui manquaient aux hautes fenêtres, de chaque côté de la porte d'entrée; sur le papier qui se détachait des murs au-dessus des tableaux noircis par les ans; et sur le tapis de l'escalier, si râpé qu'il était difficile d'en discerner la couleur originelle.

– L'endroit me paraît beaucoup plus dégradé que dans mes souvenirs, remarqua-t-il.

– J'en ai... bien peur, oncle Roderick, répondit Petula, mais nous n'avions pas d'argent à consacrer à des réparations ou à une restauration. Papa a été très malade avant... sa mort. Je lui avais suggéré de vous écrire à ce propos, mais il ne voulait déranger personne.

Le visage de son oncle lui parut se détendre un peu. Elle lui trouvait une expression dure et ses yeux, visiblement, désapprouvaient ce qu'ils voyaient, ce pour quoi elle ne pouvait vraiment le critiquer.

– Je suppose, fit-il, que vous essayez de me faire entendre qu'il ne reste pas grand-chose de valeur dans cette maison?

– J'ai dû vendre seulement... quelques petites choses, dit Petula d'un ton d'excuse, pour fournir à papa les médicaments prescrits par le médecin et la nourriture qui lui était essentielle.

– De sorte que je me retrouve baronnet et mendiant.

– Vous héritez naturellement le titre, puisque papa n'a pas eu... de fils.

Pour la première fois, son oncle la regarda bien en face.

– En tout cas, il a eu certainement une bien jolie fille, dit-il. Vous me raconterez à loisir tout le reste, mais je dois d'abord payer ma chaise de poste.

Comme il disait ces mots, son cocher, un homme d'aspect bourru, vêtu d'un manteau douteux, apportait deux valises qu'il déposa sur le seuil.

– Les v'là, patron, fit-il, et si vous avez pas plus longtemps besoin de mes services, j'vas m'en retourner.

Petula vit son oncle tirer trois souverains (1) de sa poche. Le conducteur les prit, les regarda avec mépris et dit :

(1) Autre appellation de la livre sterling. *(N.d.T.)*

– Il reste pas grand-chose pour moi!

– Vous avez votre dû, répliqua sir Roderick, et ces derniers chevaux de louage ne valaient pas grand-chose non plus.

– On peut s'estimer heureux de trouver un animal à quatre pattes dans cette obscure région du monde, rétorqua le cocher.

Il mit les souverains dans sa poche et, tout en parlant, s'en alla sans même soulever sa casquette.

– Quel insolent! fit remarquer sir Roderick à Petula. Mais au moins ai-je réussi à arriver jusqu'ici, bien que cela se soit révélé extrêmement coûteux.

– Je suis désolée, oncle Roderick, fit Petula, comme s'il l'avait accusée de quelque faute.

– La maison semble être dans un état déplorable, dit son interlocuteur en se dirigeant vers le salon.

– Le dernier étage est inhabitable, signala Petula. Et Annie et moi avons fermé les pièces inutilisées, mais j'ai bien peur qu'un certain nombre de plafonds se soient effondrés.

Sir Roderick jetait sur le salon un coup d'œil circulaire, comme s'il était en train d'évaluer tout ce qu'il contenait et se sentait écœuré par ses découvertes. Finalement, il prit place sur une chaise.

– Avez-vous déjeuné? demanda poliment Petula.

– Oui, je me suis arrêté à un relais de poste, il y a deux heures, répondit son oncle, mais j'aimerais boire quelque chose, à supposer qu'il reste quelque chose à boire dans la cave.

– Il reste, je crois, deux bouteilles du bordeaux de papa, répondit Petula.

Et tout en parlant, elle se rappelait combien le commandant l'avait apprécié, la veille, au cours de la soirée.

– Eh bien, c'est toujours mieux que rien! fit sir Roderick.

– Voulez-vous que j'aille vous en chercher? proposa sa nièce.

– Un moment, fit-il. Laissez-moi vous regarder. A mon dernier séjour ici – y a-t-il neuf ou dix ans de cela? – je pensais que vous étiez une mignonne petite chose. Maintenant, Dieu me damne, vous êtes devenue une véritable beauté!

– Je suis contente de vous plaire, oncle Roderick, fit Petula, parce que vous êtes le seul parent qui me reste.

– Je suppose que c'est exact, approuva sir Roderick d'un air pensif. Mais qu'en est-il du côté de votre famille maternelle?

– Vous savez que la famille de maman vivait dans le nord de l'Ecosse, et je crois que la plupart de ses membres sont morts. De toute façon, il y a longtemps qu'ils avaient renoncé à lui écrire.

– De sorte qu'il ne reste plus que vous et moi pour représenter les Buckden, fit sir Roderick, mais il ne semble pas que nous ayons grand-chose à représenter.

– Comptez-vous vivre ici, oncle Roderick?

– Vivre ici? s'exclama-t-il. Grand Dieu non! Tout ce que je me demande, c'est s'il existe un quelconque idiot susceptible de m'acheter cette maison.

– L'acheter? (Petula n'aurait pas eu l'air plus stupéfait si une bombe avait explosé à ses pieds.) M... mais, oncle Roderick, fit-elle d'un air de reproche, ce manoir est dans la famille depuis cinq cents ans!

– Et si c'était depuis cinq mille, qui s'en soucie? répliqua son oncle. Ce que je veux, Petula, ce n'est pas cette ruine délabrée au milieu de nulle part, mais un peu d'argent.

– Voilà une chose que nous ne possédons sûrement pas!

– Combien d'acres (1)? s'enquit son interlocuteur.

– Un peu plus de sept cents. Les trois fermes sont en métairie, mais elles ne nous paient qu'un tout petit loyer parce que maisons et bâtiments sont en très mauvais état. (Les lèvres de son oncle se pincèrent et Petula tenta d'expliquer :) Il y a quelqu'un ici, il y a environ six mois de cela, juste avant... la mort de papa, qui m'a demandé si la maison... était à vendre.

– Qui est-ce? Avez-vous noté son nom?

– Oui, il se nomme Barrowick, et je le crois très riche. Il a une usine à une cinquantaine de kilomètres d'ici, environ, et d'après Annie il caressait la prétention de devenir le « seigneur du manoir ».

– Prétention est le mot exact! répliqua sir Roderick. Vous le croyez riche?

– C'est ce qu'on a dit à Annie au village, mais en ce qui me concerne, je n'ai causé avec lui que pendant quelques minutes.

– Et vous avez raconté que la maison n'était pas à vendre?

– Bien sûr, répondit Petula. Je ne pouvais pas supposer que vous penseriez jamais à... disposer de ce qui avait été une propriété de famille conservée de... père en fils.

– Bon, je n'ai certainement pas les moyens de conserver cette propriété, expliqua son oncle, de

(1) 1 acre = 40,46 ares.

sorte que plus tôt je serai débarrassé de ce fardeau et mieux ce sera.

– Mais... oncle Roderick, commença Petula.

Et puis elle réfléchit que tout ce qu'elle pourrait dire serait inutile. D'une certaine façon, elle comprenait ce que ressentait son oncle. En même temps, elle était choquée de le voir si pressé de se débarrasser du manoir, même en sachant qu'il faudrait des centaines, sinon des milliers de livres pour le restaurer.

Son oncle s'était levé et marchait vers la fenêtre.

– Sept cents acres, fit-il pensivement, la maison, et je présume qu'il y a quelques cottages?

– Douze, répondit automatiquement Petula.

Son oncle n'ajoutant rien, elle comprit qu'il regardait les champs par la fenêtre en calculant exactement ce qu'il pourrait tirer de M. Barrowick, s'il était toujours candidat à acheter. Elle retint son souffle.

– Si vous... vendez le manoir, oncle Roderick, demanda-t-elle d'une petite voix nerveuse, qu'est-ce que... je vais devenir?

Au bout d'un moment de silence, son oncle répondit :

– Approchez, Petula!

Obéissante, elle s'avança jusqu'auprès de lui et il se détourna à demi de la fenêtre pour la regarder. La clarté du soleil tombant sur son visage mettait en valeur la blancheur éclatante de sa peau et le bleu vif de ses yeux, tandis que l'or de sa chevelure scintillait.

– J'ai une idée, fit-il lentement.

– Une idée, oncle Roderick?

– Non, Dieu me damne! s'exclama-t-il. C'est mieux qu'une idée... c'est une inspiration!

– De quoi s'agit-il?

Le regard de sir Roderick abandonna le visage de Petula, qui se dit qu'il n'aurait pas regardé autrement un cheval pour l'évaluer.

– Savez-vous ce que je suis, Petula?

– Ce que vous êtes, oncle Roderick? Je ne comprends pas.

– Alors, laissez-moi vous le dire, fit-il. Je suis un joueur, j'ai toujours été un joueur, nullement parce que cela m'amuse, nullement parce que, comme tant de roués, je suis obsédé par la carte qu'on retourne, mais simplement parce qu'il me faut vivre. (Petula ouvrit de grands yeux tandis qu'il poursuivait :) C'est le seul moyen que j'aie de jouir de la société de mes amis dans le grand monde, le seul qui m'amuse.

– Mais qu'arrive-t-il... si vous perdez? demanda Petula.

Son oncle sourit.

– Alors, je suis dans une position inconfortable, justement celle où je me trouve en ce moment : je dois plus que je ne possède.

– Vous voulez dire... que vous avez des dettes?

– Exactement.

– Voilà pourquoi vous êtes obligé de vendre le manoir?

– Il n'y a aucune alternative, dit-il. En même temps, bien que cela puisse résoudre mes problèmes actuels, il n'en reste pas moins que la question de l'avenir demeure pendante.

– Vous voulez dire que vous pourriez facilement vous retrouver dans la même... position, une fois l'argent... envolé?

– On ne peut plus facilement.

Petula attendait; en même temps, elle commençait à avoir peur. Son oncle n'avait pas l'air d'envisager de lui donner quoi que ce soit pour vivre, non plus qu'à Annie, et dans ce cas qu'allaient-elles devenir?

– Je vous ai dit que j'étais un joueur, fit lentement sir Roderick, et tout joueur, Petula, développe en lui un sixième sens.

– Je ne comprends pas, dit-elle vivement. Voulez-vous m'expliquer?

– C'est difficile d'exprimer cela par des mots, répliqua sir Roderick, mais il m'arrive parfois, avant qu'une carte ne soit retournée, de deviner ce qu'elle va être; quelquefois encore, une impression que je ne puis définir me sauve du désastre au tout dernier moment. (Sa voix avait un timbre bizarre, songea Petula, presque comme s'il avait le don de voir l'avenir. Puis il conclut :) C'est cela que je ressens maintenant à votre sujet.

– A mon sujet... oncle Roderick?

– Je suis certain que vous êtes pour moi la bonne carte à jouer précisément en ce moment. (Petula resta muette. Elle n'osait pas avouer une fois de plus qu'elle ne comprenait pas ses paroles.) Ce que nous allons faire, dit sir Roderick, c'est retourner à Londres : sir Roderick Buckden accompagné de sa ravissante nièce, laquelle se trouve être une riche héritière du Yorkshire.

Petula considéra son oncle comme si elle pensait qu'il avait perdu l'esprit.

– Une... héritière? répéta-t-elle, en croyant avoir mal entendu.

– Une héritière, insista-t-il d'une voix ferme. La beauté a une grande importance dans le monde où je vis, Petula, mais pas encore autant que l'argent.

– Mais... mais nous n'avons... pas le sou!

– Nous aurons l'argent de la vente du domaine.

– Vous savez bien que cela ne fera pas beaucoup.

– Oui, moi je le sais, et vous aussi, fit sir Roderick, mais personne d'autre ne le saura.

– Je ne comprends... toujours pas.

– Laissez-moi vous l'expliquer bien clairement. Vous, ma très séduisante nièce, allez vous arranger pour trouver un riche mari. Aussitôt mariée, vous me verserez la moitié de tout ce que vous donnera votre époux et, avec ces yeux-là, il est hors de doute que cela fera une somme considérable. (Petula restait sans voix, le dévisageant fixement.) Vous pouvez vous reposer sur moi pour tout ce qui concerne les arrangements du mariage et autres problèmes financiers, dit sir Roderick d'un air dégagé. Tout ce que vous aurez à faire sera de séduire l'un des hommes riches que je vous présenterai, et vous pouvez me croire si je vous dis que j'en connais beaucoup.

– Pourquoi... pourquoi souhaiteraient-ils... m'épouser?

Sir Roderick sourit comme si une question aussi enfantine ne méritait même pas une réponse, puis il dit :

– Une femme belle, jeune et candide est d'une grande rareté à Londres, actuellement, mais la beauté est considérablement rehaussée par un nimbe d'or. Une auréole, ma chère, que tout le monde vous attribuera.

– Mais... mais ce n'est pas vrai!

– Comme je vous l'ai déjà dit, personne n'en saura rien.

– Mais... oncle Roderick, je ne me crois pas capable... de me conduire de cette façon mensongère, en prétendant que je suis... riche, alors que je ne possède... rien.

Petula parlait d'une voix de plus en plus hésitante en s'apercevant que les yeux de son oncle commençaient à s'étrécir.

– Bien entendu, si vous pensez pouvoir vous en sortir sans mon aide, il vous est loisible de refuser mon offre.

– Vous savez bien que... que je ne puis... faire cela, dit-elle d'une voix sourde.

– Alors, cessez de discuter et remettez-vous-en à moi, fit son oncle. Allez donc me chercher cette bouteille de bordeaux dont vous m'avez parlé, après quoi j'aimerais voir les livres du domaine, si vous les avez.

– Oui, je les ai ici, répondit Petula.

Elle quitta la pièce pour chercher la bouteille de bordeaux, cachée par Annie dans la cave en prévision d'« un jour de pluie ». Lorsqu'un peu plus tard elle l'apporta au salon, elle avait l'impression que son esprit ne parvenait pas à saisir ce que son oncle lui avait dit. Il lui paraissait impensable qu'il ait voulu lui suggérer d'agir d'une façon qu'elle savait être absolument inconvenante, un mensonge destiné à tromper quelqu'un qui leur ferait évidemment confiance.

« Je ne puis faire une telle chose, se dit Petula. Papa ne l'aurait jamais approuvé et quant à maman, elle aurait été... horrifiée ! Mais, se demandait-elle, que faire d'autre ? » Et elle avait peur de la réponse même qui se formait dans son esprit.

Après avoir eu quelque peine à trouver un véhicule qui puisse le conduire à Huntry, où se trouvait l'usine de M. Barrowick, sir Roderick, le matin suivant, quitta le manoir vers 10 heures.

Il ne s'était pas plus tôt éloigné que Petula courut dans la bibliothèque de son père et, d'un tiroir du bureau, sortit son testament. Son oncle l'avait réclamé le soir précédent et elle avait prétendu l'avoir égaré, tout en affirmant qu'à son retour elle l'aurait certainement retrouvé.

– Je ne pense pas que cela ait plus de valeur que le papier sur lequel c'est écrit, avait dit sir Roderick, mais il est préférable que j'y jette un coup d'œil.

– Je pense, oncle Roderick, que papa comptait que vous... vous occuperiez de moi.

– Et c'est bien ce que j'ai l'intention de faire, avait répondu son oncle.

Avec Petula, ils avaient bavardé tard dans la soirée et ses discours avaient de plus en plus effrayé la pauvre enfant. Ce qui l'avait le plus horrifiée, était le moment où elle lui avait demandé, plutôt par acquit de conscience car elle était à peu près certaine de la réponse :

– Est-ce que je pourrai emmener... Annie avec moi, à Londres?

– Sûrement pas, avait répondu son oncle. Pour commencer, je n'en ai pas les moyens, et de plus votre femme de chambre doit être parfaitement capable de vous coiffer à la dernière mode et de veiller sur une garde-robe coûteuse.

– Que... va-t-elle devenir? avait demandé Petula d'un ton quasi pitoyable. Papa lui aurait fait une pension.

– Avec quoi? avait demandé son oncle, presque brutalement.

Ils étaient ensuite allés se coucher, mais Petula

était restée éveillée. Elle ne pensait pas à elle-même, mais à Annie. Comment abandonner sa vieille gouvernante sans un sou, quand son âge lui interdisait la perspective d'une autre place?

Alors, exactement à la manière de son oncle, elle eut une inspiration. Et maintenant, elle avait sorti le testament de son père et elle se mit en devoir d'y ajouter un codicille. L'écriture du baronnet n'était pas difficile à imiter et Petula inscrivit sur le parchemin épais :

« A Annie Bacon, qui est restée tant d'années à mon service, je lègue la jouissance, sa vie durant, du cottage *Le Chèvrefeuille,* et à Adam Ives, également sa vie durant, le cottage de l'église n° 1, tous deux situés sur mon domaine, dans le village de Buckden ».

Petula mit le nom de son père au bas du codicille, en copiant très exactement la signature placée au-dessus. Puis, le testament à la main, elle entra dans la cuisine :

– Je viens de m'apercevoir, Annie, dit-elle, que lorsque tu as servi de témoin à papa pour son testament, tu as omis d'apposer ta signature sur le codicille. Pour que ce soit légal, tu aurais dû signer deux fois.

– C'est sûrement trop tard, maintenant? demanda Annie.

– Bien sûr que non! rétorqua Petula. Tu étais là quand papa a signé son testament et tu as certifié sa signature.

– Oui, naturellement, admit Annie.

Petula lui mit une plume à la main.

– Signe là, Annie, fit-elle.

La vieille gouvernante obéit, griffonnant son nom de façon plutôt laborieuse.

Le médecin du village avait servi de second témoin. Malheureusement, il avait quitté le pays peu après le décès de sir Buckden pour aller occuper un poste plus lucratif à Richmond. Sa signature était assez difficile à imiter, mais Petula y parvint.

Elle laissa alors le testament sur le bureau, prêt pour le retour de son oncle, et retourna à la cuisine.

– Maintenant, écoute-moi bien, Annie. C'est important, alors, s'il te plaît, laisse ton travail un moment!

– Je pense que vous souhaitez déjeuner? dit Annie.

– C'est sans aucune importance en comparaison de ce que nous avons à faire maintenant. (La voix de Petula sonnait de telle façon qu'Annie la regarda avec surprise.) Mon oncle veut m'emmener avec lui à Londres, dit la jeune fille, mais il n'a absolument rien prévu pour toi et pour Adam.

Elle vit pâlir les joues de la vieille femme et se hâta d'ajouter :

– Mais papa ne t'avait pas oubliée. Il t'a laissé le cottage du *Chèvrefeuille.* En ce moment il est vide, comme tu le sais, depuis que la vieille Mme Burton est morte, il y a trois mois.

– Le cottage du *Chèvrefeuille,* fit Annie. Eh bien, c'est réellement gentil de la part de votre père, mademoiselle Petula, mais je n'avais jamais pensé qu'il me faudrait vous quitter.

– Je ne souhaite pas te quitter, Annie, mais je dois faire ce que désire oncle Roderick.

– Je comprends, dit Annie, mais Petula savait bien qu'elle était bouleversée.

– Nous parlerons de tout cela plus tard, dit-elle

vivement. Pour le moment, il nous faut meubler le cottage du *Chèvrefeuille.*

– Le meubler? Comment cela, mademoiselle Petula?

– Oncle Roderick est parti à Huntry pour proposer le domaine à cet homme qui s'était informé lorsque papa était malade. Il a l'intention de vendre, comme il l'explique, « tout ce fourbi ».

– Mais qu'est-ce que vous racontez, mademoiselle Petula?

– Je te dis que tu vas prendre tout ce qui m'appartient, à moi, le mobilier qui était à maman, et toutes les petites choses qu'elle aimait, et que j'aime aussi parce qu'elles lui ont toujours appartenu.

– Mais que dira votre oncle?

– Il n'en saura rien, répondit Petula. Depuis son arrivée, il ne s'est même pas soucié de visiter la maison. Comment connaîtrait-il ce qui se trouve dans ma chambre, où nous avons placé les trésors de maman, ou ce qui reste dans les autres pièces? (Elle vit qu'Annie avait compris ce qu'elle disait, et se tourna vers la porte.) Je vais envoyer Adam à la ferme chercher Ned et la charrette, et toi et moi allons descendre dans le hall ce que nous pourrons.

Après tout, songeait Petula, rien qu'en manifestant ainsi son autorité, et comme disait Annie, en lui coupant le souffle, elle se montrait parfaitement capable de décider de sa conduite.

Par chance, toutes deux connaissaient très bien *Le Chèvrefeuille,* et il se trouvait que c'était le seul cottage de tout le domaine qui n'eût pas besoin d'importantes réparations. La vieille Mme Burton, qui y était morte, avait été une veuve assez fortunée. Aussi n'avait-elle pas attendu après sir Martin pour réparer et restaurer la petite maison qu'elle lui louait : elle avait payé les travaux de ses deniers. Elle avait même ajouté à la construction primitive – deux chambres seulement – un agréable parloir et une petite salle à manger qui communiquait avec la cuisine.

Toute la journée, jusqu'à la nuit, Petula et Annie descendirent des objets au bas de l'escalier et emplirent la charrette avec l'aide d'Adam et Ned.

Puis, assises à l'avant, elles roulèrent jusqu'au *Chèvrefeuille* et disposèrent le tout dans les petites pièces. Petula insista pour prendre les meilleurs tapis, les couvertures qui n'étaient pas trop usées, et pour choisir les plus beaux rideaux.

– Je ne puis prendre tout cela, répéta Annie une douzaine de fois.

– Souhaites-tu le voir en possession de M. Barrowick? répondait Petula en colère. Et quel besoin en a-t-il? Il en ferait un feu de joie que cela ne m'étonnerait pas!

Annie s'était tue et elles avaient continué à travailler. Au moment d'aller se coucher, toutes deux se retrouvèrent épuisées mais, le lendemain, dès 5 heures et demie, Petula était à nouveau sur pied et entraînait Annie à descendre encore d'autres choses.

Par exemple, les glaces de la chambre de sa mère qu'elle estimait de peu de valeur mais qu'elle avait vues là depuis son enfance. Il y eut aussi du linge pris dans l'armoire de l'escalier, et Petula découvrit même un petit coffret d'argent vieillot, qui n'était pas marqué aux armes des Buckden et qu'elle voulut absolument voir en possession d'Annie.

– C'est aussi bien pour moi que pour toi que tu

prends tout cela, disait-elle à chaque protestation de la vieille femme.

L'après-midi, le cottage du *Chèvrefeuille* s'avéra bourré du haut en bas. Petula annonça alors à Adam qu'il avait la jouissance de son propre cottage pour sa vie entière et qu'il pouvait emporter tous les outils qu'il voulait pour son propre jardin, et éventuellement, pour aller travailler au village.

Adam ne se fit pas prier. Il emplit sa brouette de fourches, bêches, houes, plantoirs, ainsi que d'arrosoirs, et la fit rouler le long du sentier sinueux à travers les bosquets, le plus court chemin pour gagner son petit cottage qui s'élevait juste à côté de la place de l'église.

En revenant au manoir, Petula dit à Annie :

– Maintenant, nous devons penser à la façon dont tu vas pouvoir vivre.

– Je me débrouillerai, mon trésor, dit Annie d'une voix lasse.

– Il faut que tu t'arranges jusqu'à ce que je puisse t'envoyer un peu d'argent de Londres, fit la jeune fille, et je te promets que je n'y manquerai pas. Mais, tout d'abord, te reste-t-il quelque chose de ce que t'as donné le commandant?

– S'il me reste quelque chose? répondit Annie. Je crois bien, mademoiselle Petula! Je n'ai pas l'habitude de gaspiller le bon argent!

– Alors, garde-le soigneusement et ne dis pas à mon oncle que tu possèdes quoi que ce soit, lui ordonna Petula. Je vais le prier de payer les notes que nous avons au village avant de partir, et je pense qu'il pourra difficilement me refuser cela.

– Il y a quelque chose en lui, en dépit de sa tournure élégante, qui m'inquiète pour vous, fit Annie, pensive.

Petula se dit qu'elle serait bien plus inquiète encore si elle connaissait la vérité mais, sachant que la vieille gouvernante ne pouvait rien y faire, elle se contenta de répondre :

– Ne te tracasse pas pour moi, Annie, c'est moi qui me tracasse pour toi. Maintenant, je vais à la ferme.

– Pour quoi faire?

– Le loyer est dû au trente et un mars, nous le savons tous, mais M. Holbridge est toujours en retard, tout comme les autres. Je vais récupérer cet argent.

– Ce que vous tirerez des fermiers appartient à votre oncle, dit Annie.

– Peut-être n'y pensera-t-il pas, répliqua Petula, et elle partit en courant vers la ferme.

Quand, une heure avant le dîner, sir Roderick reparut et, d'un pas vif, franchit la porte d'entrée, Petula sentit qu'il avait réussi à mener à bien son affaire.

Il y avait sur son visage une expression enthousiaste qu'elle n'y avait jamais vue, et il passa son bras autour des épaules de sa nièce pour annoncer :

– J'ai de bonnes nouvelles pour vous, ma chère, d'excellentes nouvelles!

– Vous avez vendu le manoir et le domaine? demanda Petula d'une petite voix.

– J'ai tout vendu, et très bien vendu! répondit-il. Comme vous le pensiez, Barrowick avait absolument la rage de devenir seigneur du manoir! Il lui a fallu payer fort cher ce privilège, mais il peut parfaitement faire face à une telle dépense.

– Je suis heureuse, si vous êtes content, oncle Roderick.

– Rien ne vous empêche de vous réjouir aussi, répliqua son oncle. Maintenant, nous pouvons faire grandement les choses, c'est le mot exact, Petula! (Il la regarda d'un air approbateur tout en se jetant sur un des sièges du salon.) Vous vous achèterez une garde-robe et je suis tout prêt à parier que, quelques semaines après votre installation à Londres, vous serez la coqueluche de St. James.

Petula serrait ses mains l'une contre l'autre.

– Ecoutez... oncle Roderick, dit-elle. Maintenant que vous avez l'argent que vous vouliez, pourquoi ne pas m'en donner un peu... un tout petit peu... et me permettre... de demeurer ici, dans le Yorkshire. Je serais tout à fait heureuse... avec Annie, dans le cottage que papa lui a laissé dans... son testament.

– Il lui a laissé un cottage? demanda brusquement sir Roderick. Vous ne m'en aviez pas parlé.

– Je ne m'en suis avisée moi-même qu'en lisant le testament. Voulez-vous que j'aille vous le chercher?

– Oui, je voudrais jeter un coup d'œil dessus, fit son oncle.

Petula, l'appréhension lui faisant battre le cœur, rapporta le testament de la bibliothèque. Elle le mit dans les mains de sir Roderick et garda le silence pendant qu'il le lisait.

– Je vois que c'est seulement pour jusqu'à sa mort, dit-il en terminant, et il en va de même pour le dénommé Adam. Cela ne modifiera pas le marché conclu avec Barrowick.

– Et que pensez-vous de mon idée... de rester avec Annie?

– Pouvez-vous être enfantine et incroyablement sotte au point de souhaiter vous enterrer ici, avec le physique que vous avez? répliqua son oncle. Ma chère enfant, je me prépare à mettre le monde à vos pieds! Le monde des dandies et des beaux, le monde qui gravite autour du prince de Galles, le beau le plus remarquable de tous!

– Je... vraiment, ça ne me... plairait guère, fit Petula, et puis, tout en parlant, elle s'avisa que son oncle ne l'écoutait même pas.

– Je promets de vous entourer d'un halo doré, fit-il, le sourire aux lèvres, voilà exactement ce que vous allez avoir. Qui pourrait deviner, pendant un certain temps, qu'il s'agit de cet or des fées que des mains humaines ne peuvent toucher?

Il éclata de rire et Petula se sentit frissonner.

4

– Vous avez eu un grand succès hier soir, ma chère, dit à Petula l'honorable Mme Warren, de sa voix douce.

Petula sourit et allait répondre lorsque son oncle lui demanda à brûle-pourpoint :

– Que vous a raconté lord Crowhurst?

– Il m'a servi quantité de sots compliments, répondit-elle d'un ton léger.

Mais, voyant se renfrogner le visage de son oncle, elle se rendit compte qu'elle n'avait pas fait la bonne réponse.

– Crowhurst est quelqu'un de très riche, dit-il d'un ton péremptoire.

Petula aurait ajouté volontiers qu'il était également vieux, affreux et terrifiant. Mais elle avait appris, depuis un certain temps, que critiquer pouvait s'avérer une erreur, et que son oncle attendait d'elle qu'elle se montre compréhensive et soumise à toutes ses suggestions.

En fait, depuis leur départ du Yorkshire, elle avait l'impression d'être emportée par un typhon qui lui coupait le souffle et, par moments, la rendait incapable de penser clairement. Tout était nouveau et affolant, et bien que tout cela fût, en un sens, assez excitant, il n'en restait pas moins que bien des choses, aussi, lui faisaient peur.

A leur arrivée à Londres, sir Roderick l'avait installée dans une petite maison d'Islington, propriété, comme le découvrit Petula, de l'honorable Mme Warren. Durant le voyage qui les amenait du Nord, Petula avait appris que cette dame lui servirait de chaperon. C'était une personne douce, qui approchait l'âge moyen, et elle avait immédiatement plu à Petula.

– Mme Warren, lui avait expliqué son oncle, appartient à l'une des plus vieilles familles d'Angleterre, et son beau-frère est lord Warrencliff, un courtisan familier du roi.

Il n'avait pas fallu longtemps à Petula pour découvrir que Mme Warren était prête à faire n'importe quoi pour son oncle parce qu'elle était amoureuse de lui. Bien qu'il lui fallût un peu de temps pour connaître tous les détails, elle comprit également que Mme Warren n'espérait qu'une chose et ne priait que pour l'obtenir : être un jour la femme de sir Roderick. Malheureusement elle ne possédait aucune fortune, excepté ce que son mari lui avait laissé à sa mort. Cela suffisait à lui assurer un certain confort, mais si elle se remariait, la rente lui serait retirée, tout comme la maison dans laquelle elle vivait.

En approchant de Londres, Petula avait dit à son oncle :

– Cette dame qui va me chaperonner... avez-vous l'intention de lui faire croire que je suis une héritière, ou comptez-vous lui dire... la vérité?

– Personne – je dis bien personne – ne doit savoir autre chose que ce que je raconterai à votre sujet, avait répondu son oncle d'un ton définitif.

Il avait imaginé l'essentiel de l'histoire, et Petula apprit qu'elle venait seulement d'entrer en possession de sa fortune, léguée par un parent du côté de sa mère, lequel avait réalisé une grosse fortune aux Indes occidentales.

– Vous ne pouvez disposer du capital, dit son oncle – et elle se rendit compte qu'il inventait au fur et à mesure – avant que vous n'ayez vingt-cinq ans ou que *vous vous mariiez*.

Il insista nettement sur les trois derniers mots, et Petula comprit que c'était là le nœud de toute l'intrigue.

– Oncle Roderick, dit-elle d'un ton légèrement inquiet, ce que je n'arrive pas à... comprendre c'est pourquoi, si je jouis d'une grande fortune, un homme riche souhaiterait m'épouser? Ce serait plutôt à un pauvre de me trouver désirable!

– Vous me laisserez m'occuper des pauvres, fit son oncle d'un ton sardonique. J'ai l'habitude des coureurs de dot sans le sou. Je les reconnais à un mille de distance!

– Mais les riches ont déjà de l'argent, insista Petula.

Son oncle eut un sourire cynique.

– Aucun homme, si riche soit-il, ne peut s'empêcher de vouloir l'être davantage et, ce qui est plus important, il veut être épousé pour lui-même, et pas pour ce qu'il possède. (Il sourit.) Ce sera à vous, Petula, de convaincre un de ces richards que son argent n'a aucune importance à vos yeux, et que c'est l'homme que vous aimez.

– Mais si je... ne l'aime pas?

– Alors, vous ferez semblant, lui assena son oncle. Vous avez votre partie à jouer, Petula!

Bon Dieu, n'importe quelle femme peut le faire, si elle veut! (Il vit son regard effrayé et ajouta d'un ton radouci :) Cela ne vous donnera pas grand mal car, étant votre ange gardien, je m'arrangerai pour qu'il soit très difficile à un homme de rester seul avec vous. (Il laissa Petula digérer cette information avant d'ajouter :) Traditionnellement, les héritières sont strictement gardées dans leur cage dorée, et personne n'en peut ouvrir la porte à moins d'en posséder la clef, autrement dit un anneau de mariage! (Riant de sa propre plaisanterie, il poursuivit :) Reposez-vous de tout sur moi, Petula. Je vois bien que vous êtes jeune et inexpérimentée, mais c'est ce qui fait quatre-vingt-dix pour cent de votre charme. A Londres, les messieurs sont saturés de ces beautés sophistiquées qui leur tombent dans les bras presque avant qu'ils le leur demandent. (Il la dévisagea avec cet air de calculer qu'elle détestait avant de déclarer :) Vous serez celle qu'on ne peut obtenir – ou tout comme – et c'est là justement ce qui vous donnera l'attrait du fruit défendu.

Petula ne se sentait aucune envie d'être rien de tel, mais elle se dit que c'était faire preuve d'une grande ingratitude, alors justement que son oncle se montrait si généreux en ce qui concernait sa garde-robe.

Le lendemain de leur arrivée, les couturières avaient envahi la petite maison d'Islington, amenant avec elles des dessins, des patrons et même des modèles de robes. Toutes leurs suggestions étaient soigneusement étudiées et estimées par sir Roderick. On ne demandait même pas son avis à Petula, mais elle se rendit compte que son oncle et Mme Warren étaient des experts et que les résultats de leurs choix étaient indiscutablement merveilleux.

La première fois que, sur invitation, elles assistèrent à une réception, Petula put constater qu'elle rencontrait bel et bien le succès que son oncle avait envisagé. Quelle part en revenait à son physique, et quelle part aux histoires qui circulaient déjà à propos de sa fortune, cela restait à déterminer.

Dès leur arrivée, le premier geste de sir Roderick avait été d'envoyer à *La Gazette* la communication suivante :

« Sir Roderick Buckden, baronnet, est arrivé à Londres, venant du Yorkshire accompagné de sa nièce, Mlle Petula Buckden, qui doit aller faire sa révérence à Leurs Majestés au palais de Buckingham. Sir Roderick Buckden s'est installé pour la saison au 47, Berkeley Square, où il recevra. »

Dès que Petula eut suffisamment de robes neuves, ils quittèrent tous la petite maison de Mme Warren à Islington pour s'installer à Berkeley Square. Cet hôtel particulier, Petula ne l'ignorait pas, appartenait en fait à un ami de Mme Warren, malade et retiré à la campagne, qui avait consenti à le louer à sir Roderick. L'hôtel faisait beaucoup d'effet et était très bien meublé; tout à fait le décor qui convenait à une héritière, Petula en tomba d'accord.

Tout cela s'était déroulé si rapidement que ce fut la nuit seulement, en se retrouvant seule dans l'obscurité de sa chambre, que la jeune fille commença à trembler, terrifiée en songeant à l'avenir. Par moments, elle voulait se glisser hors de la maison et aller retrouver Annie, et avec elle tout ce qui demeurait de la tranquillité et de la sécurité qu'elle avait connues naguère.

Mais elle savait bien que l'argent laissé à sa vieille

gouvernante ne durerait pas toujours et qu'un riche mari signifiait qu'elle assurerait l'existence, non seulement de son oncle, mais aussi d'Annie et d'Adam. A vivre aussi paisiblement dans le Yorkshire, elle avait ignoré jusque-là à quel point les hommes pouvaient être spirituels et élégants, mais également fatigants. Bien différents du commandant, ils lui donnaient l'impression d'être muette et stupide, et lui faisaient désespérément chercher comment répondre aux compliments fastidieux dont ils l'accablaient.

« C'est que je suis si ignorante », se disait-elle.

Dans le même temps, la pensée qu'il lui faudrait épouser un de ces hommes, dont elle se sentait si éloignée, lui donnait l'impression d'être entraînée dans des sables mouvants auxquels elle n'avait aucune chance d'échapper. Sa seule consolation était l'extrême gentillesse de Mme Warren et, d'une certaine façon, sa compréhension.

– Je me rends bien compte que cette existence doit vous paraître étrange, ma chère, disait-elle avec douceur, surtout après la longue maladie de votre père au cours de laquelle, occupée à le soigner, vous avez vu si peu de monde. Mais vous finirez par vous y habituer.

– Je le pense aussi, disait Petula, mais les hommes à côté desquels je me trouve dans les dîners bavardent à propos de choses dont je n'ai jamais entendu parler, et je ne puis comprendre leurs plaisanteries.

A part soi, Mme Warren se dit que c'était une bonne chose, mais elle continua à voix haute :

– Tout ce que vous avez à faire, c'est de paraître charmante, et déjà tout le monde vous proclame la plus belle débutante de la saison.

– C'est ce qu'oncle Roderick... espérait que je serais.

– Votre oncle a toujours raison, dit Mme Warren, donc faites bien tout ce qu'il vous dit. Il tient naturellement à ce que vous ayez du succès!

Petula se demanda si Mme Warren savait vraiment ce que son oncle se proposait de faire. Elle se sentait honteuse à la pensée de tromper, au même titre que les autres, une femme si bonne et si compréhensive.

– Quel effet cela vous fait-il d'être une riche héritière? lui avait demandé, la nuit précédente, un des gentilshommes qui l'entouraient.

– Je me sens très exactement la même qu'auparavant, répondit la jeune fille en toute sincérité.

Le gentilhomme se mit à rire.

– Il ne faut pas que l'idée d'être en situation d'acheter n'importe quoi vous tourne la tête.

– J'espère bien que non.

– C'est une tête absolument ravissante quoi qu'elle fasse, dit-il, mais je suis sûr que vous êtes fatiguée de vous l'entendre dire.

– Je me sens seulement mal à l'aise quand il me semble que ces compliments ne sont pas sincères, répliqua Petula.

Son interlocuteur allait ajouter quelque chose mais sir Roderick vint les rejoindre et, d'une façon qui parut à sa nièce tout à fait claire, il l'emmena à l'écart.

– Ce jeune homme ne peut vous être d'aucune utilité, fit-il, donc ne perdez pas votre temps avec lui.

Il est horrible, se dit Petula, de penser à ne parler et à n'être agréable à quelqu'un que s'il y a quelque chose à en tirer, autrement dit, dans son cas, une demande en mariage. Puis elle se souvint qu'elle était parfaitement avertie, tout autant que son oncle, que l'argent obtenu par la vente du manoir et du domaine ne durerait pas toujours – et certainement pas du train où ils le dépensaient, même si ce n'était que pour des choses que son oncle estimait absolument nécessaires.

– Les gens ne vont-ils pas trouver étrange, puisque je suis si riche, que je ne fasse pas de présents coûteux ou que je ne donne pas largement aux œuvres charitables? avait demandé Petula.

Son oncle se mit à rire.

– Les gens riches sont généralement très regardants, répondit-il. Ils pensent qu'il vous suffit de les fréquenter sans avoir à faire de largesses! De toute façon, une dame n'a jamais à mettre la main à la poche. Laissez-moi ce soin.

Petula estima que c'était facile, vu qu'elle n'avait pas un centime à elle; il lui fallait même demander à son oncle la monnaie qu'elle donnait à la quête, le dimanche à l'église. Là non plus, ce n'était pas du tout le même service, paisible et sincère, auquel elle était habituée dans le petit édifice de pierre grise de Buckden où elle avait été baptisée.

Tous les gens qui comptaient dans le monde élégant, apprit-elle, faisaient leurs dévotions, le dimanche matin, à l'église Saint George, à Hanover Square, sur des bancs marqués à leur nom et pour lesquels ils payaient une redevance considérable. Cela tenait davantage du défilé élégant que du service religieux. L'assistance s'y congratulait sans même baisser la voix. Les femmes examinaient et critiquaient les toilettes de leurs voisines et Petula entendait même, à l'occasion, des messieurs échanger des paris aux courses.

Il était bien difficile de prier, comme elle n'avait jamais cessé de le faire, du fond du cœur, ou de s'adresser à sa mère, qu'elle avait toujours sentie particulièrement proche d'elle à l'église. En redescendant le long de la nef, elle se retrouvait inexplicablement à côté de lord Crowhurst, qui ne manquait pas de lui demander quand il pourrait la revoir.

Comme elle pouvait s'y attendre, son oncle répondait pour elle, et elle avait tout à coup la désagréable impression que lord Crowhurst la menaçait comme un nuage noir masquant le soleil.

– Que faisons-nous aujourd'hui? demanda Mme Warren comme ils s'asseyaient dans le petit salon de Berkeley Square.

C'était une charmante pièce qui donnait sur un étroit jardin dallé, derrière la maison, avec une fontaine jouant dans le soleil printanier.

– Crowhurst a proposé de nous conduire au Ranelagh, répondit sir Roderick. (Petula sentit son cœur cesser de battre.) Mais j'ai refusé son offre, poursuivit son oncle. Au lieu de cela, Sa Seigneurie attend avec impatience de voir ce soir Petula au bal, le plus important auquel nous ayons été invités jusqu'ici.

– Il lui faudra mettre l'une de ses plus jolies robes, déclara Mme Warren.

– Exactement! approuva sir Roderick. Et comme je souhaite, mesdames, que vous paraissiez toutes deux aussi belles que possible, je vous suggère de vous reposer après la petite promenade en voiture que je vous emmènerai faire au Parc.

– Ce sera tout à fait charmant! s'exclama Mme Warren.

L'expression de son regard fit comprendre à

Petula à quel point elle souhaitait ardemment se trouver aux côtés de son oncle.

– Est-ce que nous ne vous fatiguons pas trop, Elaine? demanda celui-ci.

– Non! bien sûr que non! répliqua-t-elle. Vous savez bien à quel point j'adore me rendre à toutes ces réceptions; mais, depuis mon veuvage, il me fallait toujours refuser les invitations parce que je n'avais personne pour m'escorter.

Sir Roderick la regarda en souriant et, pendant un moment, il sembla à Petula que tous deux avaient oublié sa présence dans la pièce. Puis son oncle se leva en disant :

– Il est hors de doute que Petula a produit quelques petits remous dans le « beau monde(1) » mais cela ne suffit pas. Ce soir, je projette de rencontrer Temple Coombe.

– Le comte? interrogea Mme Warren d'un ton inquiet.

– Le comte! répéta sir Roderick. Voilà cinq ans qu'il est veuf et qu'il désespère d'avoir un héritier.

– Mais il est beaucoup trop vieux..., commença Mme Warren.

Tous deux causaient, pensa Petula, comme si elle était absente et que tous ces projets ne la concernaient en rien. Sentant qu'elle ne pourrait pas le supporter plus longtemps, elle se glissa hors du salon, et pas plus Mme Warren que sir Roderick ne parurent s'apercevoir qu'elle les avait laissés seuls.

En montant l'escalier, recouvert d'un beau tapis, pour regagner sa chambre, Petula ne songeait nul-

(1) En français dans le texte. *(N.d.T.)*

lement aux gens qu'elle rencontrerait le soir, mais bien au commandant.

Depuis le départ du Yorkshire, il n'y avait guère eu de moments où elle n'ait pensé à lui, et elle lui comparait tous les hommes qu'elle rencontrait, à leur désavantage, bien entendu. Elle s'était dit qu'il se trouverait peut-être à Londres et qu'elle pourrait l'apercevoir, au moins de loin. Puis elle se répétait fermement ce qu'il lui avait déclaré : ils ne se reverraient plus jamais! Il lui fallait accepter ce fait et ne pas s'élever contre une décision aussi bien arrêtée.

Et pourtant, il l'avait embrassée! Chaque soir, elle s'endormait en s'imaginant être dans ses bras, avec ses lèvres sur les siennes. Parfois, elle rêvait de lui, et s'éveillait en ressentant cet émerveillement et cette plénitude qu'il avait éveillés en elle, et qu'il lui était impossible d'oublier.

« Comment pourrais-je ressentir pareille chose pour quelqu'un d'autre? » se demandait-elle avec désespoir. Alors, elle se persuadait d'accepter que tout cela n'ait été qu'un rêve, un moment enchanteur qui ne pourrait jamais revenir.

Cependant, inévitablement, en s'habillant pour le bal auquel ils étaient invités, elle ne pouvait s'empêcher de se demander ce que penserait le commandant s'il la voyait dans la robe exquise que son oncle et Mme Warren avaient choisie pour elle.

C'était une robe blanche, comme il convenait pour une débutante, mais avec cette particularité qu'elle était ornée de camélias blancs autour de l'ourlet et que le tissu de la jupe était si fin qu'il en était presque transparent. La nouvelle mode, lancée à Paris par l'impératrice Joséphine et qui venait seulement d'arriver à Londres, avait à la fois surpris et choqué Petula. Jamais elle n'aurait imaginé qu'une dame puisse laisser voir autant de sa personne et conserver sa respectabilité. La jeune fille étant mince et gracieuse, ces robes à taille haute, qui avaient quelque chose de grec dans leurs lignes fluides, lui donnaient l'air d'une jeune déesse. Et, lorsqu'on eut fixé dans sa chevelure quelques camélias artificiels, elle eût pu poser pour une statue d'Aphrodite.

Mme Warren, dans une robe de la couleur des violettes de Parme, un petit diadème dans les cheveux, avait une allure très aristocratique, et Petula fut obligée de reconnaître que son oncle, en tenue de soirée, faisait paraître la plupart de ses contemporains lourds et plus vieux que leur âge.

La coûteuse voiture, que sir Roderick avait louée pour la saison, était tirée par deux chevaux de bonne race et aussi bien le cocher que le valet de pied, avec leurs chapeaux à cocarde, avaient un air d'opulence.

« Si les gens savaient la vérité », pensait Petula, comme mille fois déjà auparavant. Puis, elle se disait qu'il était stupide de se tourmenter à l'idée que toute l'affaire pourrait être découverte et eux-mêmes se trouver démasqués. Si cela arrivait, elle était sûre que son oncle inventerait quelque explication plausible pour justifier le fait qu'elle avait soudain cessé d'être une héritière. Déjà, elle avait pu voir avec quelle habileté il avait répandu le bruit de sa fortune.

– Quand votre oncle est entré au *White's Club*, lui avait raconté un de ses amis, et s'est laissé tomber sur une chaise en déclarant : « Je vous parie n'importe quoi qu'aucun d'entre vous n'est capable de deviner ce qu'il vient de m'arriver! », nous avons tous éclaté de rire. Un ou deux d'entre nous ont hasardé une suggestion. (Voyant que Petula lui accordait toute son attention, il poursuivit :) Alors votre oncle s'est exclamé : « Vous êtes tous dans l'erreur! Vous avez devant vous l'ange gardien, le protecteur et l'administrateur de l'énorme fortune de la jeune fille la plus incroyablement ravissante que j'aie jamais vue. » Bien entendu, nous étions tous dévorés de curiosité, fit le narrateur. Et alors, il nous a appris qu'il vous avait amenée à Londres pour la saison.

– Oncle Roderick a été très bon pour moi, dit Petula, sentant qu'il fallait bien répondre quelque chose.

– Et pourquoi ne l'aurait-il pas été? répliqua l'autre.

A une certaine sécheresse dans sa voix, elle avait deviné que l'ami de son oncle se disait que sir Roderick en profitait pour vivre dans le luxe, ce qu'il n'avait pu faire jusque-là.

Maintenant qu'elle se trouvait à Londres depuis plus d'une semaine, Petula était à même de comprendre à quelle vitesse l'histoire racontée par son oncle au *White's Club* s'était répandue dans les autres clubs et parmi les dames de la haute société. A peine furent-ils installés à Berkeley Square que les invitations commencèrent à pleuvoir. En voyant certaines d'entre elles, Mme Warren hochait la tête :

– Ce n'est pas le genre de personnes que Petula doit connaître, disait-elle gentiment.

Aussitôt, sir Roderick déchirait l'invitation et en jetait les morceaux dans la corbeille à papier.

– Ne devrions-nous pas écrire pour refuser? demandait Petula.

– Cela ne vaut même pas la peine de gaspiller du papier à lettres, rétorquait son oncle.

Mais d'autres invitations le faisaient sourire de plaisir.

– Je n'aurais jamais pensé être invité chez les Lennox, dit-il à Mme Warren. Incroyable ce que le seul parfum de l'argent suffit à huiler les rouages!

– Ne soyez pas aussi cynique, répondit la jeune femme. Vous savez aussi bien que moi que le marquis a quatre fils à marier et que l'aîné héritera de tout.

Sir Roderick avait tendu l'invitation à Petula.

– Acceptez avec plaisir, avait-il ordonné. (Et lorsque Mme Warren eut quitté la pièce, il ajouta :) Vous n'avez pas à vous intéresser aux jeunes gens pour lesquels on donne cette réception. Faites porter vos efforts sur leurs amis.

Remarque qui avait laissé Petula très embarrassée et l'avait également rendue plus timide. Elle ne se rendait nullement compte que c'était justement son apparence jeune, timide et innocente qui la rendait irrésistible pour les hommes. Ils tournaient autour d'elle, non seulement parce qu'ils la croyaient très riche, mais parce qu'elle avait l'air un peu perdue et paraissait avoir besoin d'être protégée.

– Je suis peut-être un âne pour bien des choses, entendit-elle un jour son oncle dire à Mme Warren, mais j'ai un jugement infaillible en ce qui concerne les chevaux et les femmes. Dès l'instant où j'ai vu Petula, j'ai su qu'elle partait gagnante et j'ai eu raison.

– C'est tout à fait exact! répondit Mme Warren. Hier soir, toutes les douairières se répandaient en propos flatteurs sur sa douceur et sa modestie et appréciaient qu'elle ne se montre nullement fière ou prétentieuse de sa grosse fortune. (Elle sourit à Petula en disant :) Je profite de l'occasion pour vous dire, ma très chère enfant, le plaisir qu'on trouve à chaperonner une jeune personne qui fait l'admiration non seulement des hommes, mais aussi des femmes.

Petula rougit et, une fois de plus, se demanda ce que penserait Mme Warren si elle savait la vérité et comprenait qu'elle aidait deux tricheurs à tromper des gens qui n'avaient que le tort de se montrer gentils. Cela, visiblement, ne dérangeait nullement son oncle mais la troublait, elle.

– Le prince de Galles sera-t-il là, ce soir? demanda Mme Warren dans la voiture qui les emmenait de Berkeley Square le long d'une des rues conduisant à Park Lane.

– Bien entendu! répondit sir Roderick. Aussi, montrez-vous agréable, Elaine, avec Mme Fitzherbert. Je n'ignore pas que vous ne l'approuvez guère. Il n'en reste pas moins que c'est une femme charmante.

– Nombreux sont les gens que choque sa liaison avec le prince, dit Mme Warren d'un ton plutôt compassé.

– Eh bien, je ne suis pas de ceux-là et ne souhaite nullement en être, répliqua sir Roderick.

Mme Warren ne répondit rien. Petula s'était rendu compte qu'elle n'aurait pu arriver dans la capitale à un meilleur moment pour profiter des divertissements et extravagances de la saison londonienne.

Après neuf années de guerre, le traité d'Amiens avait mis fin aux hostilités entre la France et l'Angleterre et la société, comme tout le reste de la population, se réjouissait du retour de la paix et de l'abondance. Désormais, on voyait se rouvrir les maisons qui étaient restées fermées et silencieuses parce que le maître ou le fils aîné avaient rejoint leur régiment.

A Carlton House, le prince de Galles donnait l'exemple des prodigalités et de l'extravagance dans les divertissements, suivi par tous ceux qui entendaient être dans le train.

A l'extérieur de l'immense hôtel particulier où ils allaient se distraire, ce soir-là, Petula vit une longue file de voitures, richement décorées, tirées par des chevaux aux harnais d'argent et menées par des domestiques revêtus de fastueuses livrées galonnées d'or. Sous le portique de l'entrée, on voyait des porteurs de torches flamboyantes et des laquais à perruques poudrées, et un tapis rouge recouvrait les marches et le hall brillamment éclairé.

Là, attendant leur tour de gravir l'escalier à double révolution, se pressaient en foule les invités vêtus des tenues les plus splendides et couverts des diamants les plus somptueux que Petula ait encore jamais vus dans les autres réceptions.

Les chandeliers étincelant de milliers de bougies chauffaient les pièces et de lourdes senteurs de fleurs, associées aux parfums venant de Paris, rendaient l'atmosphère presque étouffante. Le murmure des voix et le rire des femmes semblaient se mêler à la splendeur de la décoration et à l'éclat des diadèmes qui ornaient, comme des couronnes, toutes les chevelures coiffées à la dernière mode.

Si, pour Petula, c'était un spectacle, pour sir Roderick, c'était un rassemblement d'amis. Il paraissait connaître tout le monde et présentait Petula à tant de gens qu'elle se sentait déjà affolée avant d'avoir même commencé à gravir l'escalier.

Il n'était pas douteux que le décor mettait parfaitement en valeur les invités. Il y avait des tableaux qui, la jeune fille en était certaine, étaient des chefs-d'œuvre sans prix et, lorsqu'ils atteignirent le haut de l'escalier, elle vit des meubles qu'elle aurait bien voulu examiner à loisir, tandis qu'ils s'avançaient vers les portes grandes ouvertes d'un immense salon.

Elle pouvait maintenant entendre la voix de stentor du maître des cérémonies annonçant les invités :

– Vicomte et vicomtesse Loftus! Son Excellence l'ambassadeur de Russie et la princesse de Lieven! Le comte et la comtesse de Berkeley!

Leur tour arriva :

– L'Honorable Mme Warren, Mlle Petula Buckden et sir Roderick Buckden!

Mme Warren serra la main d'une dame à cheveux blancs d'allure distinguée, qui portait un diadème et un énorme collier de diamants.

– Quelle joie de vous voir à nouveau, chère Elaine! Je suis ravie que vous ayez amené Mlle Buckden avec vous. J'ai tant entendu parler d'elle!

Tout en bavardant, elle tendait une main gantée à Petula, qui plongea dans une profonde révérence.

– J'espère que vous vous amuserez, pour votre première saison, dit aimablement l'hôtesse. Voici ma fille Emelye, qui vient d'arriver à Londres.

Petula serra la main d'une jeune fille attrayante, plus grande qu'elle, qui avait une poignée de main étonnamment vigoureuse et dont le visage était indubitablement hâlé par le soleil.

– J'apprends que vous venez du Yorkshire, fit-elle. C'est étrange que nous ne nous soyons jamais rencontrées, vous ne trouvez pas, Adrian?

En parlant, elle tournait la tête vers son plus proche voisin dans la rangée des hôtes et, au même moment, par automatisme, Petula leva les yeux vers lui. Brusquement, il lui sembla être changée en pierre, sans pouvoir respirer ni bouger.

C'était le commandant qui se dressait là devant elle, grand, écrasant, rendant tout et tout le monde minuscule par sa seule présence. Très loin, si faiblement que Petula pouvait à peine entendre ce qu'elle disait, la jeune fille appelée Emelye poursuivait :

– Permettez-moi de vous présenter mon fiancé, le duc de Donchester... Mlle Petula Buckden!

Comme si une personne invisible l'obligeait en quelque sorte à plier les genoux, Petula fit sa révérence et l'homme, en face d'elle, s'inclina. Elle ne parvint pas à lui tendre la main et, comme il ne bougeait pas non plus, elle sentit que tous deux avaient du mal à retrouver leur souffle. Un instant, Petula rencontra son regard. Puis, comme si tout cela se passait très loin d'elle, elle se rendit compte que Mme Warren l'attendait et elle la rejoignit.

Elle ne voyait rien de la pièce envahie par la foule ni des gens qui s'y pressaient. Il lui semblait que, devant elle, tout nageait dans une sorte de brouillard, de sorte qu'elle ne distinguait rien ni personne.

– Vous ne vous sentez pas bien? demanda Mme Warren. Vous paraissez très pâle.

– Je... je crois que c'est... la chaleur, parvint à répondre Petula.

Mme Warren se fraya un chemin à travers le salon jusqu'à une fenêtre ouverte.

– On étouffe véritablement dans l'escalier, fit-elle avec un intérêt véritable, mais cela va aller mieux dans un moment.

– Oui, oui... bien sûr, murmura Petula.

– Voulez-vous que votre oncle aille vous chercher un verre d'eau?

– Non... non, cela... va très bien.

Comme pour lui donner le temps de combattre ce qu'elle pensait être un malaise passager, Mme Warren se mit à regarder le jardin, en bas.

– Comme c'est joli, tous ces lampions! dit-elle. On pourrait presque se croire à la campagne.

Ces mots rappelèrent à Petula le bois où le commandant l'avait embrassée. Le soleil, alors, filtrait à travers le vert feuillage des bouleaux argentés, et le décor avait été pour une part dans la gloire et l'émerveillement de son baiser. Il avait dit qu'ils ne se verraient plus jamais, mais il était là, dans ce salon, et il était fiancé à la jeune fille qui lui avait serré vigoureusement la main, la jeune fille au visage hâlé.

Son oncle vint les rejoindre et il y eut toute une série d'autres présentations. Elle n'entendait pas les noms et ne savait ni ce qu'on lui disait ni ce qu'elle répondait.

Plus tard, ils passèrent des salons de réception à un autre escalier qu'ils descendirent jusqu'à la salle de bal : une salle immense construite à l'extérieur de la maison, sur la façade arrière, et ouvrant sur le jardin.

Petula dansa, mais elle regardait tout le temps la porte, attendant de voir apparaître une personne et seulement cette personne-là. Puis – elle ne sut jamais bien comment la chose se fit –

elle se retrouva dans le jardin avec lord Crowhurst.

– Enfin, je vous ai près de moi, disait-il de sa voix forte.

– Je... je crois qu'oncle Roderick me cherche, dit Petula d'une voix neutre.

– Oubliez votre oncle, répliqua lord Crowhurst. Je souhaite pouvoir vous parler sans l'entendre me faire les réponses.

Petula s'avisa qu'ils se tenaient sous les branches d'un arbre, illuminé par les lanternes chinoises qui y étaient accrochées. Ils n'étaient guère éloignés de la salle de bal et, autour d'eux, d'autres couples bavardaient ou se promenaient, de sorte qu'elle n'avait pas peur. Elle ne ressentait qu'un inexprimable ennui d'avoir à écouter cet homme, alors qu'elle désirait réfléchir, comprendre pourquoi le commandant Adrian Chester était en réalité le duc de Donchester.

« Ce n'est pas étonnant qu'il ait eu l'air si distant et dédaigneux la première fois que je l'ai vu au jardin, pensait-elle, mais après tout... »

Elle ferma les yeux et entendit lord Crowhurst dire, avec une note d'intérêt dans la voix :

– Je ne voulais pas vous bouleverser, je souhaitais seulement que vous sachiez tout ce que vous êtes déjà pour moi.

Petula étendit la main comme si elle avait besoin d'un appui et il la fit asseoir sur un siège installé sous l'arbre.

– C'est la chaleur, fit-il. Les gens invitent toujours trop de monde et la soirée même devient une insupportable corvée, exactement comme à Carlton House. Je vais vous chercher une coupe de champagne.

Sur ces mots, il s'éloigna et Petula ferma les yeux, heureuse de le voir parti. Elle souhaitait tellement réfléchir!

– Petula!

Elle ne pouvait se tromper quant à la voix qui lui parlait et elle rouvrit les yeux : il la dominait de toute sa taille, sa tête se découpant sur une lanterne chinoise. Elle se leva aussitôt et sentit qu'il lui prenait la main.

– Il faut que je vous parle!

Elle jeta un regard derrière elle.

– Lord Crowhurst est parti me... chercher du champagne...

Sans rien dire, le duc l'entraîna derrière l'arbre puis à travers la pelouse, vers les buissons peu éclairés. Ce ne fut que lorsqu'ils se trouvèrent hors de la lumière des lanternes, et qu'il n'y eut plus que quelques lampions, qu'il s'arrêta.

Il lui avait pris la main, mais il la lâcha à ce moment-là. Elle leva les yeux vers son visage; elle pouvait le voir à peu près nettement à la lueur de la lune.

– Pourquoi êtes-vous ici? demanda le duc.

Sa voix avait un ton accusateur et Petula se hâta de répondre :

– Je vous en prie... je vous supplie de ne pas dire que nous nous sommes... rencontrés, ni en quel endroit vous... m'avez vue. Mon oncle Roderick serait... très fâché, si vous agissiez ainsi.

– C'est seulement maintenant que je comprends que votre oncle est sir Roderick Buckden, dit-il. Je n'avait pas fait le rapprochement quand j'étais au manoir. Je ne le connais pas très bien, mais il est membre de mon club.

On aurait presque dit qu'il se parlait à lui-même

pour s'éclaircir les idées quant à ce qu'il savait, et Petula murmura :

– Vous aviez dit que nous... ne nous rencontrerions plus jamais.

– Mais nous nous sommes retrouvés, Petula, et j'essaie de me rendre compte de ce qui est arrivé.

– Il ne faut pas... me questionner, dit-elle très vite. Je n'ai pas... dit à oncle Roderick que vous aviez séjourné au manoir, et personne ne doit jamais rien savoir à mon sujet... je vous en prie...

– Mais vous allez me raconter. (Elle secoua la tête.) Pourquoi pas? demanda-t-il.

Petula respira profondément.

– Parce que... l'homme qui est venu était un... commandant qui avait été... dans l'armée.

– Mais c'était parfaitement vrai, dit le duc. J'ai été commandant dans l'armée et, en voyage, il est plus facile de garder ainsi l'incognito.

– Peut-être... mais...

Il lut dans ses yeux ce qu'elle voulait dire et demanda avec une certaine brusquerie :

– Comment pouvais-je savoir que la roue de mon phaéton serait endommagée et que je vous rencontrerais? J'ai essayé de vous oublier, Petula, mais cela m'a été impossible!

Elle ne répondit rien et, un moment après, il reprit d'une voix différente :

– Avez-vous pensé à moi?

Comme s'il la contraignait à répondre, Petula dit d'une voix à peine audible :

– O... oui.

– Souvent?

– Tout... tout le temps.

Elle vit soudain une lueur s'allumer dans son regard.

– Alors, comment pouvez-vous me demander d'oublier?

– C'était... un rêve, vous l'avez dit, et il nous faut revenir... à la réalité.

– Mais ceci est bien réel, et vous êtes ici!

– Je sais... mais...

– Mais, mais, mais! fit-il. Je sais bien ce que vous pensez, et je pense la même chose, mais je ne puis rien y faire, Petula. Je suis resté éveillé, cette nuit-là, et je vous voulais d'une façon si intolérable que toute la fermeté et le sang-froid du monde n'auraient pu m'empêcher d'aller à votre recherche, le lendemain matin.

Il se tut et abaissa son regard sur elle, sur ses yeux qui, dans le clair de lune, semblaient briller d'une lumière intérieure. Un étrange enchantement irradiait d'elle, qui balaya les mots qu'il avait sur les lèvres.

– Comment aurais-je pu prévoir un seul instant que ceci m'arriverait? fit-il, la voix rauque.

– Que... que voulez-vous dire?

– Je veux dire que je suis tombé amoureux, répondit-il. Je suis tombé amoureux de vous et, Dieu le sait, en dépit de mes efforts, je ne parviens pas à vous chasser de mon esprit ni de mon cœur.

Il se dit qu'il était impossible à aucune autre femme de paraître aussi belle que Petula lorsque ces mots la transfigurèrent.

– Vous... vous m'aimez?

Elle pouvait à peine murmurer, mais cependant il entendait ses paroles.

– Je vous aime, répondit-il. Je le savais avant de vous embrasser, mais quand j'ai senti vos lèvres sur les miennes, je fus persuadé que nous appartenions l'un à l'autre. Cependant, je ne pouvais rien, croyez-moi, Petula, je ne pouvais rien y faire.

– Je... vous ai aimé aussi, chuchota-t-elle. J'avais... peur de l'admettre, mais c'est bien ce que j'ai ressenti... l'amour. Et c'est différent de ce que... j'attendais.

– Mon précieux amour! Ma chérie! fit-il. Oh! mon Dieu, comme je vous aime!

Il ne bougeait pas, mais elle sentit qu'il se rapprochait et, de façon presque instinctive, elle leva les mains comme pour l'écarter.

– Je ne vous toucherai pas, dit-il, bien que le ciel sache quelle torture cela peut être, mais il faut que je vous voie. Où pouvons-nous nous rencontrer?

– Oncle Roderick..., commença Petula.

– Il faut que je vous voie, interrompit le duc. Il y a tant de choses à expliquer, et cependant je sens que vous comprendrez. (Il jeta un regard dans le jardin, un peu comme s'il pensait qu'ils étaient entourés de monde.) Je dois retourner là-bas, dit-il, et vous aussi, mais dites-moi où nous pouvons nous rencontrer – à n'importe quel moment, n'importe où.

– Je... il me serait possible de me glisser dehors très tôt, demain matin vers 5 heures, dit Petula, mais je ne sais où... vous fixer rendez-vous.

En parlant, elle semblait totalement sans défense, et le duc fit un pas en avant comme pour la prendre dans ses bras et la protéger. Puis il dit :

– Je vous attendrai dans une voiture fermée au coin de Charles Street. Vous n'aurez qu'à tourner le coin de Berkeley Square et monter. (Sa voix se durcit tandis qu'il ajoutait :) Si l'on découvre que vous avez quitté la maison, il vous faudra trouver quelque explication mais venez, pour l'amour de

Dieu, Petula! Venez ou je crois que je vais devenir fou!

– Je... je viendrai, promit-elle.

Alors, il lui sembla qu'il s'effaçait à nouveau dans l'ombre et la laissait seule si rapidement que, pendant un moment, elle pensa que rien de tout cela n'était réel, mais qu'elle avait rêvé sa présence à côté d'elle. Puis, comme elle revenait vers l'arbre où pendaient les lanternes chinoises, elle vit lord Crowhurst, une coupe à la main, qui la cherchait du regard...

5

Dès que l'aube parut, Petula sortit du lit et s'habilla. Bien qu'ils soient rentrés assez tôt, elle n'était pas parvenue à s'endormir. Son oncle s'était fâché contre elle. Au moment où elle rejoignait lord Crowhurst, il était sorti de la maison, avec un regard sombre montrant son irritation.

– Où étiez-vous, Petula? demanda-t-il sèchement. Je souhaitais vous présenter quelqu'un et ne parvenais pas à vous trouver.

– J'avais si chaud, oncle Roderick..., commença Petula, mais elle fut aussitôt interrompue par lord Crowhurst qui déclara :

– Je crains que votre nièce ne se sente pas très bien, Buckden, et ce n'est pas surprenant quand on voit que, comme d'habitude, infiniment trop de gens s'entassent dans un espace trop restreint.

Son oncle ne répondit rien, se contentant de prendre son bras et de la ramener vers la maison. En approchant de l'entrée, il dit à voix basse :

– Vous avez sûrement assez de bon sens pour savoir que vous ne devriez pas aller au jardin seule avec un homme?

Petula ne répondit rien. Depuis son arrivée au bal

et sa rencontre avec le duc, elle avait bien du mal à rassembler ses idées et à penser à autre chose. Maintenant qu'elle lui avait parlé, c'était deux fois plus difficile encore.

Son oncle l'avait présentée à plusieurs personnes rassemblées autour de Mme Warren. Plus tard, elle se rendit compte qu'elle n'avait pas même entendu leur nom et qu'elle ne pouvait se rappeler à quoi elles ressemblaient. Elle avait l'impression d'avoir parlé encore à quelques personnes, mais sans en être sûre. Tout ce qui occupait ses pensées, c'était que le duc l'aimait comme elle l'aimait!

« Il m'aime », se chuchotait-elle tout bas. Et elle se sentait frémir, même en sachant qu'il appartenait à la jeune fille au visage hâlé par le soleil.

Enfin, après ce qui lui parut être un temps interminable, elle se trouva dans son lit et la pièce fut plongée dans l'obscurité. Alors seulement, elle eut pleinement conscience qu'ayant retrouvé l'homme dont le baiser avait fait naître en elle une si merveilleuse extase, il serait infiniment plus déchirant de le perdre une seconde fois.

Il l'aimait! Elle n'arrêtait pas de se remémorer cette note profonde dans sa voix lorsqu'il lui avait dit :

– Je suis tombé amoureux de vous et, Dieu le sait, en dépit de mes efforts, je ne parviens pas à vous chasser de mon esprit ni de mon cœur.

Il l'aimait! Pouvait-il y avoir chose plus incroyable et, à la fois, plus merveilleuse, se demandait Petula.

Elle restait éveillée, le cœur battant fort, avec l'impression que les lèvres du jeune homme se posaient de nouveau sur les siennes, dans le merveilleux petit bois où il lui avait ouvert les portes du ciel.

Tout en s'habillant, elle savait que rien ni personne ne pourrait l'empêcher d'aller vers lui comme il le lui avait demandé. En même temps, elle était certaine de pouvoir quitter la maison sans se faire remarquer.

Dans la plupart des demeures, surtout aussi vastes que celle louée par son oncle, on trouvait toujours un valet de pied et un veilleur de nuit de service. Mais sir Roderick faisant, autant que possible, des économies sur tout ce qui ne pouvait se remarquer, le personnel permanent de la maison, derrière l'imposante façade, se réduisait en fait à très peu de monde. Lorsqu'on donnait un dîner, on faisait venir, pour l'occasion, des extras et aussi un chef. Le reste du temps, il n'y avait qu'une simple cuisinière, sans prétention au grand art culinaire, tandis qu'un homme d'un certain âge faisait office de maître d'hôtel, et que sa femme veillait plus ou moins à l'entretien des différentes pièces.

Petula savait bien qu'aucun d'entre eux ne pouvait être là à cette heure de la matinée, bien qu'Annie lui ait souvent raconté que, dans les grandes maisons, les aides et le personnel de la cuisine se levaient toujours à 5 heures.

Vêtue de la robe la plus simple qu'elle possédait, mais néanmoins jolie et élégante, et coiffée d'une simple capote de paille ornée de rubans bleus, Petula se glissa sans bruit dans l'escalier.

Il n'était pas difficile de tirer les verrous de la porte d'entrée et elle se dit que si Burton, le maître d'hôtel, découvrait qu'ils n'étaient pas fermés, il penserait qu'il avait oublié de le faire la veille.

Berkeley Square était désert. Plus tard, il allait se remplir de marchandes de lavande, de joueurs d'orgue et de balayeurs, sans compter, comme dans toutes les autres rues de Londres, un grand nombre de mendiants. Beaucoup d'entre eux étaient des mutilés et des infirmes qu'on avait renvoyés de l'armée ou de la marine, sans recevoir de récompense convenable du pays pour lequel ils avaient combattu.

Il n'y avait que quelques pas jusqu'à Charles Street; Petula courut, en se disant qu'il était peu probable que quelqu'un l'aperçoive. Mais si un voisin la voyait, elle savait qu'il trouverait extraordinaire qu'elle sorte sans chaperon.

En tournant au coin de la rue, elle vit la voiture qui attendait. C'était un petit coupé de ville, banal et sans aucun signe remarquable, aux panneaux dépourvus de peinture et qu'aucun blason ne permettait d'identifier.

Il y avait deux hommes sur le siège et, dès qu'elle apparut, l'un d'eux sauta à terre. Quand il lui ouvrit la portière, elle reconnut Jason. Il toucha son chapeau au moment où Petula, trop intimidée pour montrer qu'elle le reconnaissait, grimpait dans la voiture. Une main se tendit pour l'aider, la portière se referma derrière elle et, presque aussitôt, les chevaux se mirent en marche.

Petula se tourna à demi pour lever les yeux sur l'homme assis à ses côtés et découvrit qu'il posait sur elle un regard empressé.

– Vous êtes venue! fit-il. Je craignais tant que quelque chose ne vous en empêche!

– Je voulais... vous voir.

Sa voix, pensa-t-elle, avait un son étrange, différent de son timbre habituel, et la présence du duc, sa proximité et leur solitude faisaient trembler tout son corps. Parce qu'elle se sentait paralysée par l'émotion, elle s'efforça de prendre un air naturel.

– Vous êtes... toujours en habit?

Il sourit.

– Je n'ai pas eu le temps de me changer. Le dernier de mes invités est parti il y a une demi-heure à peine. (Il lut une question dans ses yeux et ajouta :) Saviez-vous que c'était chez moi que vous vous rendiez?

– Non... je l'ignorais... Je ne savais même pas qui nous avait invités, répondit Petula.

– Vous devez m'expliquer, vous devez me raconter ce qu'il s'est passé, dit le duc. (Et comme elle restait silencieuse, il insista :) Quand je vous ai vue hier soir, j'ai cru que je rêvais! En fait, j'ai rêvé si souvent de vous que je vois partout votre visage. (Petula frissonna. Il prit sa main, l'enferma dans les siennes et la retint fermement.) Vous êtes encore plus belle que dans mon souvenir, dit-il, et pourtant il serait impossible de trouver femme plus adorable que vous lorsque je vous ai embrassée dans le bois. (La main de la jeune fille trembla dans la sienne.) Petula, que nous est-il arrivé? Que devons-nous faire?

– Que... pourrions-nous... faire?

Il semblait difficile à la jeune fille même de murmurer ces mots.

– Croyez-vous, dit-il, que je n'aie pas envisagé toutes les possibilités depuis que je vous ai laissée debout sur les marches, paraissant abandonnée et perdue et, en même temps, incroyablement belle, belle à briser le cœur?

Petula rassembla ses forces puis, en hésitant, elle osa dire :

– Vous... allez vous... marier?

– Lorsque je me rendais au château de Kirkby, répondit le duc, c'était pour y entendre annoncer mes fiançailles aux proches parents du comte. Puis, nous devions tous rentrer à Londres pour le bal auquel vous avez assisté cette nuit. (Il fit une pause et elle sentit le chagrin, aigu comme un poignard, faire vibrer sa voix lorsqu'il ajouta :) L'annonce des fiançailles paraît dans la Chronique de la cour, ce matin. (La pression de ses doigts lui fit mal tandis qu'il poursuivait :) C'était un projet formé depuis des années. En fait, depuis mes vingt et un ans, ou peut-être même avant. Mon père et le comte étaient des amis intimes.

– Est-ce que... vous l'aimez?

Le duc sentit que c'était pour Petula la seule question importante.

– J'ai de l'affection pour Emelye, répondit-il, et je la connais depuis l'enfance. Nous avons beaucoup de goûts en commun. Elle adore les chevaux, moi aussi, et c'est une admirable cavalière. (Il vit l'expression du regard de Petula et ajouta :) Mais jamais je n'ai été amoureux, ma chérie, avant de vous rencontrer. C'est la vérité absolue.

– Comment pouvons-nous... nous aimer... l'un l'autre? fit Petula.

– Votre question pourrait être : comment pouvons-nous nous en empêcher? répliqua le duc. Cela s'est fait si rapidement que j'ai pu croire avoir tout imaginé. (Il poussa un profond soupir.) Et puis, je vous ai touchée, je vous ai embrassée, et alors j'ai su que toutes ces histoires à propos du coup de foudre dès le premier regard – où l'on se retrouve ensorcelé et envoûté au point d'en devenir fou – tout cela était vrai!

– J'ai... j'ai ressenti la même chose, murmura Petula, mais c'est... mal parce que vous appartenez... à une autre.

– Ce n'est pas mal, mon précieux amour, dit le duc. C'est seulement qu'il semble n'y avoir aucune issue honorable. (Petula tourna son visage vers lui et il dit avec une violence soudaine qu'elle ne lui avait pas connue jusque-là :) Dieu tout-puissant, que dois-je faire? Donnez-moi une réponse! (Parce qu'il lui avait fait peur, elle tenta de retirer sa main, mais il la retint fermement.) Je suis navré. Pardonnez-moi! Je ne puis penser à vous et garder mon sang-froid.

Tout en parlant, il souleva sa main dans les siennes pour l'embrasser et elle sentit ce bouleversement indescriptible qu'il faisait naître en elle envahir sa poitrine et sa gorge.

– Je vous aime, dit-il. Et je sais, quand je vous regarde au fond des yeux, comme je le savais en quittant votre maison, que vous m'aimez un peu.

– Oui... je vous aime, murmura Petula. Mais vous êtes... fiancé.

En disant cela, elle avait l'impression de lui donner un coup, mais il lui baisa de nouveau la main, qu'il tenait toujours entre les siennes, puis la reposa sur son genou.

– Maintenant, parlez-moi de vous, dit-il. La nuit dernière, comme vous dansiez, Emelye m'a dit : « Voici l'héritière du Yorkshire dont tout le monde parle. Je ne comprends pas comment je ne l'ai pas rencontrée. Je pensais que papa, en tant que lord-lieutenant, connaissait tous les gens du Yorkshire. » (Petula gardant le silence, le duc dit encore :) D'où vous est venu tout cet argent? Comment cela a-t-il pu se faire si rapidement?

Je... ne puis... vous le dire.

– Mais pourquoi?

– Parce que ce n'est pas... un secret qui m'appartienne.

– Pourquoi cela serait-il un secret? insista le duc. En voyant votre maison, je m'étais rendu compte que vous étiez très pauvre, du moins l'avais-je pensé. (Petula restant toujours silencieuse, il ajouta au bout d'un moment :) Il ne doit pas y avoir de mystère ni de secret entre nous. Petula, racontez-moi ce qui s'est passé.

– Mieux vaut... que vous... l'ignoriez, répondit-elle et, comme vous le savez, nous ne devons plus... nous revoir.

– Comment pourrais-je le supporter? Comment pourrais-je vivre en vous sachant à Londres, en vous voyant dans toutes les réceptions, partout où j'irai?

– Alors... peut-être devrais-je... m'en aller.

Mais tout en parlant, elle se demandait avec effarement comment elle y parviendrait. Que dirait son oncle, après avoir dépensé tant d'argent pour ses vêtements, la maison et toute cette mascarade?

– Comme je vous l'ai dit la nuit dernière, je connais votre oncle, dit le duc. Je sais que c'est un joueur qui n'a jamais paru avoir beaucoup d'argent jusqu'à maintenant. D'où lui en est-il venu? Et comment parle-t-on de vous comme d'une héritière?

– Je vous en prie, dit Petula d'un ton suppliant, je vous en prie... n'essayez pas de savoir, ne posez pas de questions. Je ne veux pas vous dire... pourquoi je suis ici... je ne veux pas que... vous le sachiez.

– Qu'est devenu le manoir? demanda le duc.

Parce que la question la prenait au dépourvu, Petula avoua la vérité.

– Oncle Roderick l'a vendu.

Elle vit le regard pensif du duc et s'empressa d'ajouter :

– Peut-être n'aurais-je pas dû... dire cela. Oubliez-le!

– Je crois que je commence à comprendre, fit-il lentement. Votre oncle a vendu le manoir avec le domaine et, vous voyant belle, il vous a amenée à Londres. (Ses mains se crispèrent sur les siennes si bien qu'elle poussa un cri.) Pour quoi faire? questionna-t-il. Dites-moi pour quoi faire? (Le rose envahit les joues de Petula, mais elle garda le silence.) Je connais la réponse, fit-il amèrement. Pour vous trouver un riche mari! C'est évident, non? (Une fois de plus, sa voix se faisait violente.) Comment pouvez-vous agir ainsi? Comment pouvez-vous vous abaisser à chercher un mari par de tels procédés?

– Je... je ne puis rien empêcher, fit Petula. Si je n'avais pas obéi... à oncle Roderick, il m'aurait laissé... mourir de faim.

Les larmes emplirent ses yeux et le duc, la prenant dans ses bras, la serra contre lui.

– Mon ange! Ma chérie! Je vous ai fait pleurer, dit-il. Quelle brute je fais! Je comprends, bien sûr que je comprends, mais comment pourrais-je accepter de vous voir mariée à un autre?

Ce bras qui la serrait étroitement contre lui donnait à Petula un ineffable sentiment de sécurité et, sans même se rendre compte de ce qu'elle faisait, elle posa la tête contre son épaule. De sa main libre, il dénoua les rubans de sa capote, la lui enleva et la laissa tomber sur le plancher de la voiture. Puis, d'une voix basse et tendre, il dit :

– Laissez-moi vous regarder! Je ne me pardonnerai jamais de vous avoir fait pleurer. (Il essuya doucement les larmes qui avaient coulé sur les joues de la jeune fille, puis lui dit :) Racontez-moi tout, parce que je dois tout savoir.

Hésitante, mais sentant qu'il lui était impossible de ne pas faire ce qu'il demandait, Petula lui narra l'arrivée de son oncle à Buckden. Elle raconta comment il avait vendu le domaine et comment, bien qu'elle ait demandé à rester là avec Annie, il avait insisté pour l'amener à Londres afin d'y trouver un riche mari.

A la façon dont le bras du jeune homme la serrait contre lui et à l'expression de son visage tandis qu'il écoutait, elle se rendit compte à quel point il était choqué et même épouvanté par le plan de son oncle. En même temps, elle se sentait soulagée de savoir que, quoi qu'il arrive, elle n'aurait pas besoin de feindre avec lui. Quand elle eut fini de parler, il resta silencieux et, au bout d'un moment, elle demanda avec anxiété :

– A cause de tout ce que je vous ai raconté... vous n'allez pas... cesser de m'aimer?

– Pensez-vous vraiment que cela soit possible? demanda-t-il. Quand vous commettriez un crime, quand vous seriez accusée de tous les crimes imaginables, je vous aimerais encore parce que je ne puis m'en empêcher. (Il plongea son regard dans le sien et ajouta :) Quand je suis parti, en me disant que je devais vous oublier, je laissais mon cœur derrière moi.

– Et vous avez emmené le mien... avec vous, chuchota Petula.

Lentement, comme une chose inévitable, les lèvres du jeune homme se posèrent sur les siennes. Pendant un instant, ce fut avec douceur. Puis, comme il l'avait fait dans le jardin, il la serra étroitement contre lui et son baiser se fit insistant, exigeant, et enfin totalement et entièrement possessif.

Elle comprit qu'elle était sa prisonnière. Elle était sienne et, en ce qui concernait leurs sentiments, il ne restait pour eux aucune échappatoire. Ils s'appartenaient l'un à l'autre; ils ne faisaient plus qu'un.

Quand Adrian releva la tête, il se dit que jusque-là Petula était adorable. Mais, en cet instant, elle semblait resplendir d'une lumière intérieure qui avait quelque chose de céleste.

– Je vous aime, redit-il d'une voix rauque. Il n'y a aucun autre mot pour exprimer ce que je ressens.

– Moi aussi... je vous aime, répondit Petula, et à nouveau elle cacha son visage contre son épaule, tandis qu'il caressait ses cheveux tendrement.

Elle se rendit compte que la voiture venait de s'arrêter. En regardant par la portière, elle vit qu'ils se trouvaient sous un bouquet d'arbres, au bord de la Serpentine. Il n'y avait personne en vue et tout était tranquille. La lumière du soleil levant filtrait à travers les branches et brillait sur les eaux argentées, évoquant le bois où elle avait compris, pour la première fois, qu'elle était amoureuse. Comme si le duc avait suivi ses pensées, il dit :

– J'ai songé à vous tous les jours et toutes les nuits, et pendant que je me disais que c'était mal, je savais qu'il me serait finalement impossible de ne pas retourner vers vous.

– Ce serait mal parce que vous allez... vous marier, dit la jeune fille.

– Je sais, répliqua le duc, mais que puis-je faire?

Ma chérie, mon rêve devenu réalité, dites-le-moi, que puis-je faire?

– Il n'y a... aucune issue, répondit Petula. Comme vous le disiez vous-même, aucune issue honorable.

– Je suis torturé à l'idée que, si j'avais eu assez de courage pour vous emporter avec moi, tout aurait été possible, dit Adrian.

– On vous attendait au château de Kirkby.

– Oui, et bien sûr, toute la famille connaissait déjà nos engagements avant mon arrivée.

– Alors, vous ne pouviez rien faire.

– Comment ai-je pu être assez stupide, continua-t-il, pour accepter de me marier sans amour? Mais j'ignorais qu'un amour comme celui que je ressens pour vous pouvait exister ailleurs que dans l'imagination de quelques poètes. C'est ma seule excuse. (Il prit dans sa main le menton de Petula et tourna vers lui son visage.) Comment pouvez-vous être si invraisemblablement adorable? Comment toutes vos paroles, vos gestes, peuvent-ils faire vibrer ce cœur que je ne savais pas posséder? Comment vos lèvres peuvent-elles me donner une idée de ce Ciel en lequel j'avais cessé de croire?

– C'est aussi... ce que je ressens auprès de vous, dit Petula, mais jamais, jamais je n'aurais cru... qu'il aurait pu en aller de même pour vous.

– Maintenant que vous savez qu'il en est ainsi?

– Je suis fière... tellement fière que vous m'aimiez!

– Mais comment pourrions-nous vivre l'un sans l'autre?

Il regardait les eaux paisibles, étincelant sous le soleil matinal, comme s'il pensait qu'elles pourraient lui fournir une réponse. Puis, sentant à quel point il était désespéré, Petula dit avec douceur :

– Vous devez faire... votre devoir. Après tout, vous êtes quelqu'un de très important et moi... je ne suis rien. Cela nuirait à votre réputation, si l'on bavardait... à notre sujet.

– Si on pouvait parler de nous deux, cela me rendrait le plus heureux des hommes, affirma le duc. (Il poussa un profond soupir et ajouta :) Si vous n'étiez réellement personne d'important, cela rendrait les choses plus faciles; mais je savais à Buckden que la seule situation que je pouvais vous offrir était d'être ma femme.

Petula resta silencieuse un moment, puis elle dit :

– Je... je crois comprendre. Vous voulez dire... que si je n'avais vraiment été personne d'important, vous m'auriez demandé d'être... votre maîtresse.

Le duc la serra brusquement contre lui.

– Je n'aurais pas voulu abîmer quelque chose de si parfait par une telle suggestion, dit-il. Comme je vous l'ai déjà dit, Petula, si cela avait été possible, je serais retourné vers vous et je vous aurais demandé de me faire l'honneur de devenir ma femme.

Tout en parlant, il posa ses lèvres sur celles de la jeune fille. Il l'embrassa jusqu'à ce que le monde parût tourbillonner autour d'elle; elle devint inconsciente de tout ce qui n'était pas lui et l'émerveillement qu'il faisait naître en elle. Finalement, quand il la relâcha, elle put à peine lever ses yeux vers lui; un souffle précipité passait entre ses lèvres entrouvertes, et ses yeux semblaient emprisonner tout le soleil levant dans leurs profondeurs.

– Je vous... aime! Oh, comme je vous aime! s'écria-t-elle.

Et Adrian répondit :

– Si vous me regardez de cette façon, je vais vous emporter à l'instant même, et au diable les conséquences!

La passion faisait trembler sa voix, mais Petula n'avait pas peur et vibrait comme si c'eût été une musique. Puis elle dit :

– Si vous ne pensez pas à vous-même, alors... je dois le faire pour vous. Nous devons nous dire adieu et... essayer d'oublier.

– Mais c'est impossible! fit le jeune homme avec feu. Pensez-vous que je puisse oublier que vous êtes à la recherche d'un mari, qu'un autre homme pourrait vous toucher, vous embrasser, vous posséder? (Il sentit le frisson de répulsion qui faisait trembler Petula et poursuivit :) Si cette idée me tue, qu'en sera-t-il de vous, ma chérie? Car je sais que vous m'aimez, et je sais que vous m'appartenez en esprit..

– Peut-être pourrais-je... m'enfuir et me cacher... quelque part? suggéra Petula.

– Pour le reste de vos jours? demanda le duc. Mon précieux amour, il serait impossible, où que vous alliez vous cacher, qu'aucun homme ne vous remarque. Même s'il arrivait à l'improviste après un accident de phaéton.

Il essayait de sourire, mais à vrai dire, on pouvait voir la souffrance dans son regard, et Petula se serra contre lui encore plus étroitement en disant :

– Nous ne devons pas... regretter. Au moins avons-nous su à quel point il peut être... merveilleux d'aimer. Personne ne peut... nous ôter cela.

– Cette découverte peut vous paraître une consolation, répondit le duc, mais je pense que l'amour m'a infligé une torture plus terrible, plus cruelle qu'aucun mot ne pourrait jamais l'exprimer.

– Non, je vous en prie..., protesta Petula, vous ne devez pas penser ainsi. Si je ne vous avais jamais... rencontré, si vous ne m'aviez jamais... embrassée, je n'aurais pas su que l'amour est la chose la plus parfaite, la plus belle au monde, et qu'il participe... de Dieu lui-même!

Adrian laissa échapper un murmure qui était presque un gémissement. Puis, une fois de plus, il la serra dans ses bras, ses lèvres dans les cheveux de la jeune fille, et ses yeux regardaient sans les voir les eaux étincelantes. Pendant un moment, Petula voulut croire qu'ils étaient ensemble et que personne ne pourrait les séparer. Puis elle se força à dire dans un souffle :

– Je crois... qu'il me faut rentrer.

– Je ne voudrais pas vous attirer d'ennuis, dit le jeune homme, mais, ma chérie, il faut que je vous revoie.

Petula secoua la tête.

– Je pourrais... vous faire du tort.

– Vous vous tourmentez pour moi! s'exclama-t-il. Ma bien-aimée, y a-t-il jamais eu une autre jeune fille comme vous?

– Je vous aime, répondit Petula. Mais parce que vous êtes duc, parce que vous êtes tellement en vue, vous n'avez pas le droit de faire quelque chose qui puisse choquer le peuple et l'amener à ricaner à votre sujet. Je ne pourrais le supporter! Je ne pourrais supporter... d'en être la cause!

– Si vous vous souciez de moi, moi je m'inquiète de vous, ma chérie, et du genre de mari que votre oncle veut vous choisir.

Petula songea à lord Crowhurst et détourna le

visage pour qu'Adrian ne puisse voir l'expression de son regard.

– Je ne devrais pas poser de questions, dit-il, mais vous m'en avez donné le droit en m'aimant. (Il fit une pause avant d'ajouter :) N'y a-t-il rien que je puisse faire? Si je vous donnais de l'argent, est-ce que cela arrangerait les choses?

Petula secoua la tête.

– Comment expliquerais-je la provenance de cet argent? Et nous ne devons pas, vous le savez... nous lier l'un à l'autre.

– Mais nous ne faisons qu'un! dit sauvagement le jeune homme.

– Seulement dans nos cœurs, répondit doucement Petula. Dans notre esprit, nous savons que vous appartenez déjà... à quelqu'un d'autre. Papa disait toujours que dès qu'un gentilhomme a donné sa parole, il lui est impossible de la reprendre.

– Votre père avait raison, dit le duc. Mais en même temps, il s'agit ici de quelque chose de différent. (Il eut un sourire railleur pour poursuivre :) Quel homme ne dit cela lorsqu'il est amoureux! Mais c'est différent! C'est différent, ma précieuse bien-aimée, parce que nous avons été créés l'un pour l'autre, parce que, déjà, vous m'appartenez et que je vous appartiens. (Petula ne répondit rien et, comme il savait que c'était sans espoir, le duc ajouta :) Je vais vous ramener.

Il frappa contre la paroi, à l'avant de la voiture, et aussitôt les chevaux se mirent en marche. Pendant un instant, Petula regarda les arbres et les eaux de la Serpentine, en se disant que c'était encore un endroit enchanté dont elle se souviendrait toujours parce que, là, Adrian l'avait embrassée.

Puis les chevaux les ramenèrent à travers le

parc, le long de Park Lane et enfin dans Charles Street. Ils restaient assis silencieux, le duc serrant la jeune fille contre lui. Elle savait qu'il redressait le menton et serrait les lèvres en une ligne mince, comme il l'avait fait en quittant le manoir, alors qu'il la laissait derrière lui. Ce ne fut que lorsque la voiture s'immobilisa dans Charles Street qu'il dit :

– Je vais réfléchir... réfléchir au moyen de sortir de tout ce gâchis, mais Dieu seul sait ce que ce sera.

– Et moi, je continuerai... à penser à vous, dit doucement Petula.

– Vous prendrez bien soin de vous? demanda-t-il avec anxiété.

Mais elle ne put répondre : les larmes lui brouillaient la vue. Elle ramassa sa capote et la remit sur la tête, puis le duc rattacha les rubans sous son menton. Le jeune homme posait sur elle ses regards avides, et elle remarqua que ses traits étaient nettement tirés. Il leva la main de Petula et la posa contre sa joue, sans l'embrasser, se contentant de la presser ainsi.

Jason ouvrit la portière et, sans un mot, sans même regarder en arrière, Petula descendit. Elle avait déjà projeté de ne pas rentrer par la porte principale mais par les écuries, par-derrière. Le cocher engagé par son oncle n'avait aucune raison de s'intéresser spécialement à ses faits et gestes.

Comme elle avançait sur les pavés entre les bâtiments des écuries, elle put entendre les chevaux s'agiter dans leurs stalles et les valets siffloter en les bouchonnant. Elle réussit à trouver la porte qui correspondait aux communs du n° 47. C'était un passage entre les stalles, avec une porte ouvrant sur un autre passage qui donnait directement dans les cuisines de la maison.

Comme elle l'avait prévu, on ne voyait personne et elle put se glisser en haut de l'escalier, puis dans sa chambre. Là, elle se déshabilla et se mit au lit. Ce fut seulement lorsqu'elle put enfouir son visage dans l'oreiller qu'elle commença à pleurer avec désespoir des larmes déchirantes qui semblaient monter du fond même de son âme.

– Sir Roderick aimerait vous voir, mademoiselle, dès que vous serez habillée, dit Tomkins, la femme de chambre de Petula, en enlevant le plateau du petit déjeuner.

C'était une personne d'expérience et dont les gages étaient, en conséquence, plus élevés que ceux des autres domestiques de la maison. Petula avait découvert en elle une espèce de génie dès qu'il s'agissait de la coiffer ou de s'occuper de ses toilettes.

– Je ferais mieux de me lever, dit aussitôt la jeune fille.

– Vous n'avez aucun rendez-vous jusqu'après déjeuner, mademoiselle, dit Tomkins, de sorte qu'une robe toute simple fera l'affaire.

Petula ne l'écoutait pas, préoccupée de la raison pour laquelle son oncle voulait la voir. Cela concernait-il sa conduite la nuit précédente? Il était toujours difficile pour sir Roderick de lui parler devant Mme Warren, par crainte de laisser échapper quelque chose qui révélerait la comédie que tous deux étaient en train de jouer. En général, il l'emmenait à l'écart sous prétexte de lui faire signer quelque papier, mais il n'avait pas l'habitude de lui envoyer des messages si tôt dans la matinée.

« Peut-être est-il réellement... en colère? » se dit Petula, et elle eut l'impression que son cœur défaillait, alors que, déjà, elle se sentait malade à la suite des émotions ressenties et de la violence des larmes qu'elle avait versées.

Elle se lava soigneusement le visage, à l'eau chaude d'abord, puis à l'eau froide, en espérant que son oncle ne s'apercevrait pas qu'elle avait pleuré. Quand Tomkins l'eut coiffée, elle descendit l'escalier et, comme elle l'avait pensé, trouva sir Roderick dans la bibliothèque.

Il était fort élégant, ayant, lui aussi, renouvelé sa garde-robe; une lueur dans son regard avertit sa nièce qu'il n'était nullement en colère, comme elle l'avait craint, mais au contraire d'excellente humeur.

– Bonjour, Petula! fit-il. J'espère que vous vous êtes bien amusée, hier soir?

– Oui, certainement, oncle Roderick, c'était une réception... vraiment magnifique.

– Je pense qu'il faut attribuer à votre candide ignorance le fait que vous vous soyez rendue au jardin seule avec Crowhurst. Vous savez aussi bien que moi que vous ne devez pas rester seule avec un homme.

– Je... je suis désolée, oncle Roderick. Il faisait... si chaud et je me sentais... un peu souffrante.

– Je comprends, fit sir Roderick, mais ne vous laissez pas aller à recommencer.

– Non, oncle Roderick.

– Ce que je veux vous dire c'est que, pendant que vous teniez Crowhurst en laisse, si j'ose dire, nous avons trouvé un meilleur poisson à faire frire. (Sir

Roderick éclata de rire.) Cela sonne de façon quelque peu vulgaire, mais rend avec éloquence ce que j'essaie de vous dire.

– Je ne... comprends pas.

– Eh bien, Temple Coombe, comme je l'avais prévu, s'intéresse à vous au plus haut point.

Petula leva sur son oncle un regard vide. Ayant rencontré tant de gens la nuit précédente, elle s'efforçait de se rappeler lequel de ces messieurs pouvait bien être le comte Temple Coombe. Alors uniquement préoccupée par Adrian, tous les visages n'avaient été pour elle que des taches floues et elle ne parvenait même pas à se souvenir de ce qu'on lui avait dit.

– Réveillez-vous, Petula, ne soyez pas aussi stupide! la gronda son oncle. Le comte Temple Coombe est peut-être un peu âgé, je ne le conteste pas, mais c'est un homme extrêmement important de toutes sortes de façons, et si vous pouvez l'amener à se sentir concerné – et je suis sûr que vous y arriverez – alors nous voilà tirés d'affaire!

– Je crains... de ne pas me rappeler... ce gentilhomme.

Sir Roderick fit entendre un cri d'exaspération.

– Je vous l'ai présenté à votre retour du jardin. Il était là, avec d'autres, dans le groupe de Mme Warren! Si vous aviez fait attention, comme vous le deviez, vous auriez senti que je serrais votre bras. Réellement, Petula, j'ai l'impression par moments que vous perdez à moitié la tête.

– Je suis... désolée, oncle Roderick.

– Je pense qu'il me faut vous excuser, puisque vous ne vous sentiez pas bien mais, franchement, ce n'est pas le moment d'être malade.

– N-non... je suis... vraiment désolée.

– Je vous pardonnerai, parce que nous dînons ce soir avec le comte. (Sir Roderick était manifestement aux anges.) Un domestique nous a apporté son invitation très tôt ce matin, ce qui montre bien qu'il est emballé.

– Je suis ravie que vous soyez content, oncle Roderick

– Content? Je suis transporté! C'est exactement ce que j'avais espéré. Tout marche à souhait! Comme je l'avais bien dit, j'ai senti que je devais prendre la direction de vos affaires. Et j'avais raison – oui, pardieu! – j'avais raison! (Sir Roderick alla jusqu'au bureau et ouvrit l'un des tiroirs, d'où il sortit un petit carnet.) Vous voyez avec quel soin j'ai préparé une campagne comme celle-ci, Petula? J'ai inscrit ici les noms de la demi-douzaine d'hommes que je comptais vous faire rencontrer à Londres. (Un sourire aux lèvres, il consulta le carnet et poursuivit :) Un seul d'entre eux s'est révélé ne pas être dans la course. Il y a Crowhurst, qui est déjà à vos pieds, Temple Coombe, que vous allez voir ce soir, et il en reste encore trois autres, tous membres du *White's* qui se sont déjà déclarés très désireux de vous rencontrer. (Il jeta le carnet sur le bureau et dit :) Vous avez de la chance d'avoir un oncle si habile!

– Oui, bien sûr... oncle Roderick, répondit Petula, et je vous suis... très reconnaissante.

Elle essayait de mettre dans sa voix une note convenable d'enthousiasme et d'intérêt, mais cela semblait difficile.

– Vous avez l'air fatigué, dit brusquement sir Roderick. Vous avez sous les yeux des cernes que je n'y avais pas vus avant. Vous feriez mieux de vous reposer cet après-midi.

– Avez-vous oublié, oncle Roderick, que Mme Warren m'emmène au palais de St. James?

– Seigneur Dieu! C'est pourtant vrai! s'exclama sir Roderick. Bon, vous ne pouvez certainement pas manquer ça. Cela me rappelle que je dois me rendre au lever, demain matin. On dit que le roi est suffisamment rétabli pour le présider lui-même. (Il se plaça devant la cheminée et poursuivit :) Souvenez-vous qu'à St. James, on est extrêmement formaliste. Le roi et la reine peuvent vivre tranquillement à Windsor, mais, à Londres, tout est absolument cérémonieux. (Il fit une pause et ajouta :) La tenue de cour est obligatoire, et aussi bien le roi que la reine se montrent très collet monté en de telles occasions. (Il dit en souriant :) Inutile de vous dire que la séance tout entière est excessivement assommante.

– Je suis sûre que je trouverai cela intéressant, oncle Roderick.

– Sans aucun doute! approuva le baronnet. Mais en ce qui me concerne, je m'amuse infiniment plus avec le prince de Galles, bien que Sa Majesté condamne hautement la conduite de son fils.

Petula se demanda dans quel camp se plaçait le duc. Dès son arrivée à Londres, elle avait entendu raconter que, tandis que la société en quête d'amusements et de distractions se groupait autour du prince de Galles à Carlton House, les principaux personnages de l'aristocratie demeuraient aux côtés du roi et de la reine. Mais ceux-là mêmes admettaient, tout comme son oncle, que les réceptions au palais de Buckingham, tout comme celles qui se donnaient au palais de St. James, étaient extrêmement ennuyeuses.

« Peut-être le duc s'arrange-t-il pour n'appartenir

à aucune coterie », se dit Petula. Son cœur se serrait en pensant à quel point sa situation était importante, et à quel point il était désespérant d'aimer un homme tellement au-dessus d'elle.

Ce fut seulement quand elle eut échappé à son oncle et se retrouva seule qu'elle put oublier tout, sauf le fait que le duc l'aimait et qu'elle l'aimait aussi. C'était à la fois le bonheur et une infinie souffrance. C'était un ravissement – et, en même temps, c'était un découragement profond et sombre de savoir qu'elle ne pourrait jamais participer à sa vie, ni lui à la sienne. Peut-être, se disait-elle, tous deux seraient-ils plus heureux si elle disparaissait de la société pour devenir secrètement sa maîtresse.

Alors, elle se souvint qu'une telle pensée était perverse et que sa mère en eût été horrifiée! Toutefois, comme l'avait dit Adrian, un amour comme celui qui les unissait pouvait-il jamais être un mal? L'amour – le véritable amour – venait de Dieu, Petula en était sûre, et c'était le Seigneur, et non le hasard, qui les avait rapprochés.

C'était Dieu qui avait rendu si parfait le sentiment qu'ils éprouvaient l'un pour l'autre. Un sentiment si divin faisait partie, elle le savait, de tout ce qu'elle avait toujours jugé être sacré.

« Je l'aime, se disait-elle, et mon amour est assez grand pour vouloir son bonheur, et pour admettre que je ne dois lui nuire en aucune façon! Même si cela signifie que je ne dois plus jamais le revoir. »

La douleur d'une telle pensée était presque intolérable et, cependant, elle savait qu'il lui fallait se montrer assez forte pour tous les deux. Assez forte pour savoir qu'ils s'étaient dit adieu et qu'il n'y avait rien à ajouter.

Dans l'après-midi, les cheveux poudrés, revêtues de robes de cour à paniers et draperies, si différentes des gazes légères et des mousselines à la mode, Mme Warren et Petula se firent conduire au palais de St. James.

Petula avait jugé comme un gaspillage l'énorme dépense représentée par ces robes qu'elles ne porteraient plus jamais, en dehors de cette unique occasion au cours de laquelle elle allait faire sa révérence à la reine.

Mais cela faisait absolument partie du plan de sir Roderick qu'elle soit formellement admise comme débutante. Petula avait appris, en effet, qu'elle devait une bonne part des invitations reçues au fait que, dès le lendemain, elle paraîtrait dans les cercles de la cour.

– Voilà quelques années que je ne suis pas allée au palais de St. James, se rappela Mme Warren.

– Quelle a été la dernière occasion? demanda Petula.

– Ma présentation à l'occasion de mon mariage.

– Avez-vous été très heureuse avec votre mari?

Mme Warren hésita un moment avant d'expliquer :

– Mon mariage avait été arrangé par mon père et mon mari était beaucoup plus âgé que moi.

L'intonation inhabituelle de sa voix fit comprendre à Petula pourquoi elle avait protesté, la veille, quand sir Roderick avait parlé de lui faire rencontrer lord Temple Coombe.

– Est-il beaucoup plus difficile... d'être mariée à un... homme plus âgé qu'à un plus jeune? demanda Petula.

Mme Warren, à nouveau, attendit un peu avant de répondre :

– Les hommes plus âgés, et particulièrement s'ils n'ont pas été mariés auparavant, sont très arrêtés dans leurs idées. En même temps, je pense que vous connaissez l'ancien adage qui dit que « mieux vaut être la bien-aimée d'un vieil homme que l'esclave d'un jeune »!

Petula souhaitait dire qu'elle rêvait d'être l'esclave de l'homme qu'elle aimait, mais elle se tut et, un moment après, Mme Warren poursuivit :

– Je sais bien, ma très chère enfant, que votre oncle est très désireux de vous voir mariée et établie. J'ai tenté de le persuader qu'il n'est pas nécessaire de se hâter, mais vous savez comme il est impétueux!

– Oui, naturellement, fit Petula.

– Etant donné que vous êtes si bien dotée, vous pourriez prendre votre temps et trouver quelqu'un que vous aimiez. (Comme Petula gardait le silence, Mme Warren ajouta au bout d'un instant :) S'il y a quelqu'un que vous aimez, même s'il n'obtient pas l'approbation de votre oncle, je m'efforcerai de vous aider parce que je souhaite vous voir heureuse.

Petula se rendit compte que Mme Warren, simplement parce qu'elle aussi était femme, avait senti qu'elle était amoureuse. Elle eut brusquement envie de lui dire toute la vérité et de lui demander son secours. Mais elle pensa qu'il n'en sortirait rien de bon et que son oncle, mis au courant, serait furieux.

Mme Warren était presque aussi pauvre qu'eux et n'était donc pas en position de les aider. En outre, qui pourrait modifier cette situation impossible : elle aimait un homme qui allait en épouser une autre?

« C'est sans espoir... sans espoir », se répétait Petula. Elle se disait que, du moment qu'elle ne pouvait se marier avec Adrian, peu importait qui elle épouserait, puisque dans ces circonstances, n'importe quel homme lui paraîtrait insupportable.

Elles arrivèrent au palais de St James et furent conduites par un huissier en livrée en haut du large escalier de chêne jusqu'aux salons de réception. Là, habillée de la même façon, avec des paniers et de lourdes traînes qui pendaient de leurs épaules, se trouvaient rassemblées toutes les autres femmes qui attendaient soit d'être présentées, soit de présenter leurs filles.

La plupart d'entre elles semblaient connaître Mme Warren, et Petula se trouva en train de faire révérence sur révérence, répétant sans cesse à quel point elle s'amusait pour sa première saison à Londres. Or, tandis que Mme Warren allait d'une vieille connaissance à l'autre, une voix dit :

– Je pensais bien vous rencontrer ici, Elaine. J'espère que vous n'êtes pas trop fatiguée de la soirée d'hier.

C'était la comtesse de Kirkby et, à ses côtés, Petula vit sa fille, lady Emelye Kirkby. Tandis que les deux dames plus âgées bavardaient ensemble, lady Emelye demanda :

– Vous êtes-vous amusée à ma réception, hier soir? Personnellement, j'ai trouvé qu'il y avait une cohue terrible et j'aurais bien préféré être dans le Yorkshire.

– Je ne suis pas allée à beaucoup de bals, répondit timidement Petula, mais tout le monde dit que c'était le plus important et, de loin, le plus beau qu'on ait donné jusqu'ici.

– Je préfère les chevaux à la danse, dit lady Emelye. Montez-vous à cheval?

– Oui, quand je suis à la campagne. Je ne suis pas montée depuis que je suis à Londres.

– Je ne m'en occupe pas, dit la jeune fille d'un ton sarcastique, c'est tout à fait dépourvu d'intérêt de trottiner dans le parc. A Kirkby, papa possède un hippodrome miniature où j'entraîne mes chevaux au saut.

– Ce doit être tout à fait passionnant, dit Petula.

– Si vous désirez acheter des hunters (1) vraiment convenables, vous feriez mieux de venir voir ce que nous pouvons vous montrer. Depuis quelques années, nous faisons de l'élevage et nous avons réussi à obtenir plusieurs chevaux tout à fait remarquables.

Elle ne paraissait pas se rendre compte que Petula n'avait pas dit grand-chose et, un instant plus tard, elle poursuivit :

– Eh bien, Dieu merci, j'espère retourner dans le Yorkshire après-demain. Je trouve ce genre de corvée terriblement assommant et je présume que vous aussi.

Petula fut sauvée d'avoir à répondre : juste à ce moment, deux chambellans en uniforme de cour, tenant à la main les insignes de leur dignité, entrèrent dans la pièce à reculons.

La reine arrivait!

Il se fit un silence presque craintif, mais Petula était incapable de penser à autre chose qu'au

(1) Chevaux de chasse à courre. *(N.d.T.)*

départ de lady Emelye, qui, sans doute, allait entraîner celui du duc.

Toutes les résolutions qu'elle avait prises se trouvèrent balayées, et elle se sentit certaine qu'il lui fallait de n'importe quelle façon, par n'importe quel moyen, le revoir seule – une fois encore seulement.

6

– Je n'ai pas eu une chance de pouvoir vous parler jusqu'à maintenant, dit sir Roderick. Pendant que Crowhurst donne clairement à entendre qu'il désire vous épouser, Temple Coombe est bel et bien en train de s'enflammer.

Il avait convoqué Petula dans la bibliothèque, au moment où elle revenait de faire des courses avec Mme Warren. La jeune fille s'encadrait dans la porte, apparition tout à fait adorable, encore qu'elle n'en eût aucunement conscience, dans une nouvelle robe d'un vert pâle, qui lui donnait l'apparence même du printemps. Comme elle ne disait rien, sir Roderick ajouta pensivement :

– Peut-être pourriez-vous l'encourager un peu, encore que votre récente attitude, calme, presque détachée, ait été, je l'admets, tout à fait efficace. (Il marchait de long en large tout en parlant, comme si cela l'aidait à penser, et poursuivit :) Tant de gens m'ont félicité de votre conduite modeste! Et, bien que j'aie tout d'abord estimé que ce serait une erreur pour vous de paraître si distraite, cela a été, je dois le confesser, un succès total.

Il faisait allusion, Petula le savait, au fait qu'elle

avait eu tant de mal à avoir l'air de faire attention à ce qui se passait autour d'elle. Bien entendu, il ignorait qu'elle ne pouvait penser qu'à un seul être au monde et que c'était Adrian, qui allait épouser lady Emelye Kirkby.

On aurait dit que personne ne pouvait parler d'autre chose. Même Mme Warren discutait sans cesse de ces fiançailles, et Petula trouvait difficile de ne pas paraître personnellement intéressée.

– La comtesse a toujours été une de mes amies, racontait l'aimable femme à Petula, et je suis tellement heureuse que leur unique enfant puisse faire un mariage aussi avantageux!

– J'ai entendu dire qu'elle connaissait le duc depuis longtemps, dit Petula, puisque Mme Warren attendait visiblement qu'elle réponde quelque chose.

– Oui, c'est exact, depuis leur enfance. Mais je crois que mon amie avait un peu peur qu'il y renonce. Tant de femmes sont amoureuses de lui, comme vous pouvez l'imaginer! (Mme Warren se mit à rire.) Mais, comme il s'agit habituellement de beautés sophistiquées de la société, déjà en puissance de mari, le duc s'est trouvé préservé pour Emelye.

– Elle a... beaucoup de chance, fit Petula, avec l'espoir que sa voix n'aurait pas un accent trop envieux.

– Je crois bien! Le duc de Donchester n'est pas seulement extrêmement riche, et propriétaire des plus magnifiques demeures, comme celle que vous avez vue l'autre soir, mais c'est également un homme très courageux.

– Courageux? demanda Petula.

– Oui, vraiment affirma Mme Warren. Le colonel de son régiment disait l'autre soir quel excellent officier il était! En outre, le duc est un vrai sportif, et le succès qu'il rencontre sur le turf attire naturellement Emelye, qui est une cavalière émérite. (La voix de Mme Warren était pleine d'admiration lorsqu'elle acheva :) Sa mère me dit que dans le Yorkshire on proclame qu'elle est la meilleure écuyère qu'on ait jamais vue.

Petula savait que Mme Warren avait plaisir à vanter la fille de son amie. Mais chacune de ses paroles était un poignard qui lui perçait le cœur. Comment pourrait-elle rivaliser, se demandait-elle, avec une personne si parfaitement assortie à l'existence du duc?

Puis elle se dit avec sévérité que ce n'était pas une question de compétition. Pour elle, c'était l'enchantement magique qui les avait transformés au cours d'un instant d'extase, mais qui ne serait jamais qu'un rêve dans leur vie.

Plongée dans son malheur personnel, elle ne prêtait guère attention, en vérité, aux machinations de son oncle et à ses complots et plans pour la marier au comte Temple Coombe.

Le dîner auquel celui-ci les avait invités n'avait nullement eu le caractère intime qu'avait espéré sir Roderick.

En fait, une trentaine de personnes avaient pris place à un long et ennuyeux banquet, rejointes ensuite par une foule d'autres invités qui misaient des sommes considérables aux tables de jeu installées dans l'un des salons. La plupart des messieurs étaient de l'âge de leur hôte : Petula découvrit avec horreur qu'il était véritablement trop vieux pour elle.

Elle avait jugé lord Crowhurst âgé, mais le comte l'était bien plus encore. C'était un personnage qui avait dû être distingué dans sa jeunesse sinon beau, mais son visage était maintenant très ridé, ses cheveux blancs et, bien qu'il se tînt très droit, on sentait que cela lui demandait quelque effort.

Quoi qu'il en soit, il n'avait certainement pas dépassé l'âge où l'on apprécie la compagnie des femmes. Il flirtait assidûment, remarqua Petula, avec deux belles personnes parées de joyaux, assises à côté de lui pendant le dîner; et, quand il s'adressa à elle, il y eut dans son regard une lueur qui embarrassa la jeune fille. Elle se dit qu'à l'instar de son oncle, il la jaugeait comme un cheval. Il y avait une différence cependant : il l'étudiait d'un tout autre point de vue, elle le savait, et elle répugnait à la seule idée qu'il pourrait la toucher.

Cependant, à sa grande joie, elle apprit que le comte quittait Londres le lendemain pour Windsor, où il comptait demeurer pour les courses d'Ascot. Elle était donc assurée de ne plus se trouver en sa présence jusqu'à son retour.

Il ne faisait aucun doute que son oncle, telle une araignée active, travaillait à tisser sa toile, et elle avait l'impression d'être une petite mouche incapable d'échapper aux fils de soie dans lesquels il la retenait captive. C'est alors que sir Roderick déclara de façon presque brutale :

– Si nous ne parvenons pas à amener Temple Coombe à s'engager définitivement d'ici la fin de la semaine prochaine, il vous faudra accepter Crowhurst.

– Oh non! je vous en prie... non! oncle Roderick!

On pourrait certainement trouver quelqu'un d'autre... plus agréable que... ceux-ci?

– Plus agréable? demanda son oncle. Tous les deux sont extrêmement riches!

– Mais ils sont... vieux et je ne peux pas supporter de me trouver... auprès de l'un ou l'autre.

C'était la première fois que Petula s'exprimait de façon si claire, et son oncle la regarda d'un air surpris.

– Ainsi, vous avez tout de même quelques sentiments? remarqua-t-il.

– Bien sûr, que j'ai des sentiments! répliqua Petula, mais j'essayais de me conduire selon vos vues! Je vous en prie... je vous en prie, ne m'obligez pas à me marier ni avec lord Crowhurst ni avec... le comte!

– Et qui voyez-vous qui puisse prendre leur place? demanda son oncle d'un ton sarcastique. Le prince de Galles? Ou peut-être quelque ange Gabriel quc nous n'avons pas encore rencontré? Ma chère Petula, permettez-moi de vous dire clairement, une fois pour toutes, que vous n'avez pas les moyens de vous montrer difficile.

Quelque chose dans sa façon de parler incita la jeune fille à lui jeter un rapide regard.

– Avons-nous dépensé tout l'argent que... vous avez tiré de la vente... du manoir? balbutia-t-elle.

– Les choses se sont révélées plus coûteuses que je ne l'avais prévu, répondit son oncle, et, pour dire la vérité, j'ai eu une mauvaise passe aux tables de jeu.

– Vous avez... perdu l'argent? demanda-t-elle avec une sorte d'épouvante.

– Seulement un peu. Je n'ai pas risqué beaucoup, répliqua son oncle, mais même un peu c'est trop, en ce qui nous concerne tous les deux. (Il marcha à travers la pièce avant de poursuivre :) Toute cette affaire est difficile, comme je l'avais prévu. Elaine ne peut comprendre pourquoi je me montre si parcimonieux en ce qui vous concerne, et je n'ose pas lui dire la vérité.

– Elle vous aime, oncle Roderick.

– Je sais cela, répliqua-t-il, mais je ne peux rien y faire.

Pour la première fois, Petula se sentit presque triste pour lui. Après tout, il était dans la même position qu'elle, excepté que sa situation à elle était pire : il lui fallait se dire que l'homme qu'elle aimait allait en épouser une autre. Elle était à peu près certaine que, de son côté, Mme Warren n'envisagerait jamais d'épouser quelqu'un d'autre que son oncle. L'expression de son regard et la douceur dans sa voix montraient à quel point elle s'inquiétait pour lui, bien qu'elle fît très attention à ne le révéler d'aucune autre manière.

– Je serai désappointé, disait sir Roderick, s'il vous faut vous contenter de Crowhurst. C'est certainement une excellente affaire pour quelqu'un comme vous. Mais en même temps, il n'a pas la classe de Temple Coombe.

– Il est... très vieux, oncle Roderick.

Pour la première fois depuis le début de leur conversation, son oncle sourit.

– Comme cela, ma chère, vous serez veuve à un âge encore relativement tendre, avec assez d'argent pour voir à vos pieds tous les coureurs de dot du pays. (Petula le regarda, effrayée.) C'est alors, ajouta sir Roderick, que vous pourrez vous montrer bonne pour votre pauvre oncle, qui aura fait de son mieux pour vous aider!

Non seulement une telle idée inspirait à Petula un

sentiment de dégoût, mais elle la jugeait même dégradante. C'était suffisamment ignoble de devoir épouser un homme pour sa fortune, mais calculer à l'avance ce qui se passerait à sa mort était, se dit-elle, tout simplement effroyable. Il lui semblait que son oncle était un geôlier qui l'enfermait dans une prison dorée d'où elle ne pourrait plus jamais s'échapper. En outre, elle voyait à quel point il allait être difficile, une fois mariée, de mettre de côté de l'argent pour lui; sans compter le fait que, tôt ou tard, son mari devrait être averti qu'elle n'était nullement l'héritière que l'on disait.

« Je ne peux plus supporter cette situation », se dit-elle. Elle souhaitait fuir, se cacher, mourir au besoin, plutôt que poursuivre cette comédie qui devenait chaque jour plus menaçante, plus effrayante.

Ils continuèrent à fréquenter bals, réunions, réceptions, et Petula fut conduite à Almack's, l'endroit le plus formaliste et le plus fermé de l'époque, où l'on pouvait danser avec tout le beau monde. Elle ne fut pas invitée à Carlton House, ou alors son oncle refusa pour elle. Il y allait de temps à autre, elle s'en rendait compte, quoique pas aussi souvent qu'il le prétendait.

Chaque fois qu'une soirée s'achevait, elle devait s'avouer, pour se montrer sincère, qu'elle n'avait fait une fois de plus que chercher à apercevoir le même visage. Un visage unique, dans la foule qui brillait, chuchotait, papotait et, non seulement, paraissait toujours identique, mais semblait raconter les mêmes choses, jour après jour, nuit après nuit.

Puis, de façon inattendue, quand tout semblait désespéré, elle reçut un petit panier de fleurs. Il était tout simple, sans prétention, et quand on le lui apporta avec plusieurs autres bouquets à Berkeley Square, elle lui accorda à peine un regard.

Elle décacheta la carte accrochée à l'anse; les couleurs envahirent son visage pâle, et il lui sembla qu'elle renaissait brusquement à la vie. La carte ne contenait que six mots :

« De la part du commandant Wood (1). »

Quelle signature aurait pu être plus claire pour elle, et plus mystérieuse pour tout autre? Il pensait à elle comme elle n'avait cessé de penser à lui, et les fleurs, qu'elle prit alors la peine de regarder, lui racontèrent tout ce qu'elle avait besoin de savoir.

C'étaient des violettes, des violettes blanches et sans aucun doute, la saison étant passée, on avait eu du mal à se les procurer. Mais elle se souvenait des petites violettes blanches dans le bois, leur tête pointait entre les feuilles, et elle sut que le commandant s'en souvenait aussi.

Oubliés, pour un moment, les plans effrayants de son oncle, les vieillards à épouser et la terreur de l'avenir! Tout ce à quoi elle était capable de penser, c'était que le duc l'aimait comme elle l'aimait.

Ce soir-là, ils devaient aller à l'Opéra, après quoi ils se coucheraient de bonne heure car c'était un samedi, et donc il n'y avait pas de grand bal comme les autres jours de la semaine. Mme Warren lui en avait donné l'explication :

– Mme Fitzherbert est catholique, avait-elle dit, et n'approuve pas qu'on danse le dimanche. Bien entendu, ce n'est pas de son opinion qu'on tient compte directement, mais elle a persuadé le prince de n'accepter aucune invitation au bal le samedi.

(1) *Wood* =bois. *(N.d.T.)*

– Ce sera bien agréable de se coucher tôt, pour une fois, avait répondu Petula.

– C'est moi qui devrais dire cela, et non vous, à votre âge! fit Mme Warren en riant. Mais je suis d'accord avec vous. Toutefois, ce sera une occasion de tracas, car je suis sûre que votre oncle ira jouer à l'un de ses clubs, et il se montre si désagréable quand il perd!

Petula pensa qu'il avait une excellente raison pour être désagréable, mais elle n'en dit rien, et tous trois s'en allèrent prendre place dans une loge de Covent Garden.

Pour Petula, l'Opéra était un délice, mais elle savait parfaitement que ce spectacle assommait son oncle. Avant même la moitié du dernier acte, il les faisait partir en hâte, sous prétexte qu'ils auraient du mal à trouver leur voiture au moment où tout le monde sortirait en même temps.

Ils rentrèrent à Berkeley Square et le vieux maître d'hôtel les accueillit en étouffant de son mieux un bâillement.

– Inutile de rester debout, Burton, fit sir Roderick. Je prendrai la clef, car il se peut que je rentre tard.

Mme Warren laissa échapper une légère exclamation :

– Vous allez au *White's*?

Sir Roderick approuva de la tête.

– J'ai promis à quelques amis de les y rencontrer, dit-il évasivement.

Petula écoutait à peine. Sur la table, dans le hall, étaient posés deux envois de fleurs; l'un d'eux, elle l'avait vu tout de suite, provenait de lord Crowhurst – elle connaissait désormais son écriture – et l'autre était encore un petit panier.

Rapidement, pour le cas où son oncle poserait des questions à ce sujet, elle saisit la carte au milieu des fleurs et vit qu'elle était dans une enveloppe cachetée. Dès que son oncle fut sorti, elle monta en hâte l'escalier et songea tout juste à embrasser Mme Warren pour lui souhaiter bonne nuit.

A peine dans sa chambre, elle ouvrit l'enveloppe. La carte ne comportait qu'une ligne :

« Je vous attends dans Charles Street. »

Petula resta stupéfaite, en croyant à peine ses yeux, puis, le cœur battant, elle se précipita vers son armoire. Elle saisit un manteau noir qu'elle avait apporté de la campagne, mais qui était bien trop terne et démodé pour Londres. Seulement, il comportait un capuchon, et elle savait qu'il était important qu'on ne puisse la voir ou la reconnaître à pareille heure de la nuit.

Elle se dissimula la tête sous le capuchon, drapa étroitement le manteau par-dessus la robe blanche qu'elle portait ce soir-là et descendit l'escalier sur la pointe des pieds.

Comme elle l'espérait, Burton s'était vite éclipsé dans son domaine. Et la nuit, Tomkins, la camériste qui la servait en même temps que Mme Warren, ne s'occupait que de cette dernière, tandis que Petula se débrouillait seule. Elle ne trouva dans le hall qu'une unique chandelle brûlant dans un candélabre d'argent. Tout le reste avait été éteint par mesure d'économie.

Il ne lui fallut qu'une seconde pour ouvrir la porte et se glisser dehors. Pendant un bref instant, elle eut peur, car il y avait encore pas mal de passants qui déambulaient, ainsi que des voitures conduites par des domestiques aux livrées magnifiques.

S'efforçant de rester dans l'ombre des maisons, elle courut aussi vite qu'elle put vers Charles Street. La voiture était là, portière ouverte, et, comme elle se précipitait à l'intérieur, elle eut l'impression d'être un oiseau retrouvant la sécurité du nid.

Elle sentit alors les bras d'Adrian autour d'elle. Il l'embrassa avec fureur, passionnément, de façon possessive. Elle avait le souffle coupé et, sous l'insistance de ses baisers, il lui semblait que le jeune homme allumait en elle un feu répondant au feu qui brûlait sur ses lèvres à lui et qui couvait aussi dans ses regards.

« Je vous aime! Je vous aime! » aurait-elle voulu crier, mais il lui était impossible de parler.

Il la tenait si serré qu'elle comprenait lui avoir manqué autant qu'il lui avait manqué, à elle.

La voiture roula puis s'arrêta, comme la première fois, au bord de la Serpentine. A cette heure, les eaux n'étaient plus dorées par le soleil levant mais argentées par le reflet des étoiles.

– Ma précieuse aimée, ma vie, mon amour! disait le duc d'une voix tremblante. Vous êtes là... dans mes bras, après ce qui m'a paru être un siècle de solitude et d'agonie, sans vous!

– Vous... vous m'avez manqué... aussi, dit Petula, mais je ne devrais pas être là... seulement... je ne pouvais pas ne pas venir.

– Il fallait que je vous voie! Oh, ma chérie, j'avais si peur que vous refusiez et me laissiez attendre en vain!

– Comment avez-vous su que nous rentrerions tôt ce soir à la maison? demanda Petula.

Il lui sembla qu'il souriait tout en posant sa joue contre ses cheveux.

– Je sais tout ce que vous avez fait au cours de

cette horrible semaine qui vient de s'écouler, dit-il, mais je n'osais tenter de vous voir jusqu'à ce que je sois seul.

Petula comprit alors que lady Emelye était repartie pour le Yorkshire.

– Tout le monde ne fait que parler de votre beauté et de vos admirateurs, dit le duc. Tout ce bavardage a failli me rendre fou!

– Moi aussi, il m'a fallu écouter les gens parler... de vous, répondit Petula.

Un léger sanglot dans sa voix apprit au jeune homme à quel point elle avait été blessée.

– Ma chérie! Comment pouvons-nous supporter tous deux cette situation? s'écria-t-il avec désespoir. (Il se remit à l'embrasser, à l'embrasser avec le désespoir d'un homme qui voit tout ce à quoi il tient lui échapper.) Je vous aime. Je vous aime au point qu'il m'est impossible de penser clairement, mais je sais bien que nous ne pouvons continuer ainsi.

– Vous voulez dire... nous ne devons plus... nous revoir?

– Je veux dire, fit-il lentement, que nous devons nous montrer courageux. Nous devons partir ensemble. (Il sentit Petula se figer et ajouta :) Nous nous marierons en France et ne reviendrons pas en Angleterre jusqu'à ce qu'un autre scandale vienne enlever au nôtre tout intérêt.

– Mais nous ne pouvons pas..., nous ne devons pas faire cela, fit Petula à voix basse.

– Je sais ce que vous pensez, et je pense la même chose, répondit le duc. Mais, ma bien-aimée, de même que vous sentez bien qu'il vous est impossible d'épouser un autre homme, de même je ne puis épouser une autre que vous. (Ses bras l'enserrèrent avec force tandis qu'il poursuivait :) Même si vous refusez de devenir ma femme, je sais qu'aucune autre ne portera mon nom. Ce serait un sacrilège que je ne pourrais commettre tant que je conserverai ma raison.

– Mais vous êtes fiancé..., vous avez donné votre parole, murmura Petula.

Il y eut un moment de silence, après quoi le duc déclara :

– J'ai réfléchi à tout cela, et c'est très clair. Demain je pars pour le Yorkshire; je dirai la vérité à Emelye et à ses parents. Je ferai en sorte qu'ils comprennent que je ne puis ni ne dois épouser quelqu'un que je n'aime pas, quand mon cœur est pris ailleurs.

– Mais ils seront très... choqués.

– J'en suis tout à fait conscient, dit le duc, et aussi de ce qu'ils le prendront comme une insulte qui pourrait amener le comte à m'appeler en duel, mais cela me paraît improbable.

Petula eut un cri.

– S'il allait... vous tuer!

– Je suis plus jeune que lui et bien meilleur tireur, dit le jeune homme. Mais je vous affirme que lord Kirkby se rendra parfaitement compte qu'un duel causerait un scandale bien plus grand encore que mon seul refus d'épouser sa fille. (Il n'attendit pas la réponse de Petula pour ajouter :) Naturellement, je donnerai à Emelye l'occasion de me quitter avant que je n'expose catégoriquement que, quoi qu'elle fasse, c'est vous que j'entends épouser.

– Comment pourrais-je... vous permettre d'agir ainsi? dit Petula d'une toute petite voix.

En même temps, quelque chose de merveilleux, confinant à l'extase, se levait en elle à l'idée qu'il l'aimait tellement qu'il était prêt à sacrifier pour elle son bonheur. Elle savait combien il lui serait dur de partir pour longtemps à l'étranger, de quitter ses domaines, ses chevaux, et la position qu'il occupait non seulement à Londres mais dans le pays.

Comme s'il devinait ses pensées, le duc dit :

– Je devrai naturellement écrire au roi et lui demander de me relever de mes charges à la cour et dans le comté dont je suis lord-lieutenant.

– Est-ce que... j'en vaux vraiment la peine? demanda Petula.

Elle tournait vers lui son visage et, à la faible clarté qui tombait du ciel, il vit ses traits parfaits et les yeux qu'elle levait vers lui.

– Pour vous, fit-il, j'irais jusque dans les Enfers, et c'est d'ailleurs là que je me trouve à chaque moment où vous n'êtes pas à mes côtés. (Il y avait dans sa voix un accent de profonde sincérité qui fit trembler la jeune fille. Alors, il déclara :) Je vous ai dit que notre amour était différent, ma bien-aimée, c'est un fait. Je vous aime, pas seulement parce que vous êtes la plus ravissante personne que j'aie jamais vue de ma vie, mais parce que mon cœur est votre cœur, et que nous sommes une part l'un de l'autre. De sorte que, lorsque vous n'êtes pas là, je suis un homme incomplet.

– Quand vous êtes... absent, dit à son tour Petula, je m'aperçois que je ne puis pas même... penser. Je ne peux ni voir ni entendre ce qui se passe autour de moi.

– Alors, comment le reste aurait-il de l'importance? dit simplement le duc. Aucun de nous deux, ma chérie, ne peut nous condamner à marcher dans la vie mutilés et estropiés comme ce serait le cas, mentalement et spirituellement, si nous restions l'un sans l'autre.

Petula eut un léger sanglot, mais c'était cette fois un sanglot de bonheur. Elle pouvait à peine croire à la réalité de tout cela. Elle pouvait à peine se rendre compte qu'après tant de souffrances, elle se retrouverait réellement avec Adrian et que leur rêve d'amour pourrait devenir une réalité.

– Je vous aime! Je vous... aime! chuchotait-elle.

Et le jeune homme l'embrassa à nouveau jusqu'à faire naître en elle quelque chose de sauvage et de merveilleux, et elle lui rendit alors ses baisers et se cramponna à lui jusqu'à ce qu'un feu dévorant semblât les consumer tous deux.

– Je vous adore! dit le duc un long moment plus tard. Maintenant, mon précieux amour, je dois vous ramener chez vous.

– Je ne veux pas... vous quitter, murmura Petula.

– Bientôt nous serons ensemble à tous les instants du jour et de la nuit, affirma-t-il. Nous irons en France et, de là, en Italie. Il y a tant de choses que j'ai envie de vous montrer, maintenant que la guerre est finie.

– Je crains... qu'il ne vous manque... commença Petula...

Mais il l'interrompit :

– Rien ni personne ne me manquera tant que je vous aurai. Vous êtes tout ce que je désire – être avec vous, vous aimer, et vous apprendre à m'aimer.

– Mais je vous aime déjà!

– Pas autant que vous le ferez plus tard, comme

je l'espère, assura le duc. (Il l'embrassa sur le front et ajouta :) Vous êtes si douce, si pure et si innocente que je ne puis imaginer rien de plus parfait ou de plus passionnant que de vous enseigner l'amour, ma bien-aimée.

– Supposez qu'après tout vous vous lassiez de moi..., que je vous déçoive? fit Petula.

– Je puis, moi aussi, vous décevoir, répondit-il.

– Vous ne ferez jamais rien de tel, affirma-t-elle sans hésiter. Vous êtes si... merveilleux qu'il n'y a pas un homme au monde comme vous, et il n'y en aura jamais un autre!

Le duc la serra très étroitement contre lui. Puis il dit :

– Voulez-vous que nous marchions un moment sous les arbres pour nous rappeler l'endroit où je vous ai embrassée, la première fois, quand j'ai découvert que vous étiez celle après laquelle j'avais soupiré sans la trouver, et tout ce que je demandais réellement à l'existence?

– Je vous en prie... allons-y!

Le duc ouvrit la portière et, avant que Jason ait pu sauter de son siège pour la leur tenir, il avait aidé Petula à descendre. Il faisait frais, tout était calme sous les arbres, et, lorsqu'ils furent hors de vue, ils descendirent de voiture et s'en furent sous les arbres : à leurs pieds, l'eau avait des reflets d'argent et le duc serra Petula dans ses bras.

Il regardait, levé vers lui, son adorable visage et sentait, abandonné contre lui, son corps souple et les battements de son cœur passionné. Il resta un moment sans l'embrasser, se contentant de la contempler. Puis il dit :

– Je fais vœu de vous rendre heureuse et de vous

convaincre que notre amour est plus grand et plus puissant que quoi que ce soit d'autre au monde et même au paradis!

Petula répondit d'une voix très douce :

– J'essaierai... de faire en sorte que le sacrifice que vous me faites en vaille la peine, et je vivrai... pour vous et pour vous aimer de tout mon cœur, de toute mon âme et de tout mon esprit. C'est tout ce que je puis vous donner.

– Pensez-vous que je désire autre chose? demanda-t-il avant de l'embrasser.

Petula avait le sentiment que quelque chose de sacré et de saint se mêlait maintenant à leurs baisers. C'était presque comme s'ils avaient prononcé des vœux à l'autel et reçu la bénédiction de Dieu. Il lui semblait qu'il l'entraînait vers les étoiles qui brillaient au-dessus d'eux, et qu'ils étaient indissolublement unis par la puissance divine, source de vie.

En silence, le bras du duc sur les épaules de Petula, ils revinrent lentement vers la voiture, en paix comme s'ils touchaient au port après avoir traversé des mers agitées et dangereuses.

– Je pars demain pour le Yorkshire, expliqua le jeune homme comme la voiture s'ébranlait. Ils ne m'attendent pas avant la semaine prochaine, mais je n'ose pas vous laisser seule plus longtemps, à cause des projets de votre oncle à votre endroit.

– Rien ne compte... jusqu'à ce que vous soyez de retour auprès de moi, dit Petula.

– Essayez seulement de gagner du temps conseilla le duc. Vous comprenez bien, ma chérie, que je ne puis parler à sir Roderick avant d'avoir averti Emelye de mes intentions.

– Elle va être toute bouleversée?

Le jeune homme réfléchit un moment.

– Je ne le crois pas. Elle ne m'aime pas de la façon dont nous nous aimons, mais je pense qu'elle a beaucoup d'affection pour moi. Après tout, nous nous connaissons depuis tant d'années!

– Elle sera... blessée.

– Je n'ai pas le choix, répondit Adrian. Ou c'est elle que je blesse, ou c'est vous et moi.

– Je comprends... pour autant que vous n'ayez pas... de regrets plus tard.

– Jamais! jamais! jamais! dit-il en prononçant le dernier mot tout contre ses lèvres.

Une fois encore, la voiture s'arrêta au coin de Charles Street et quand Jason arriva, le duc ordonna :

– Mène-nous devant l'entrée du 47 de Berkeley Square.

– Très bien, Votre Grâce.

Jason referma la portière, et comme Petula ouvrait de grands yeux, Adrian déclara :

– Je suis las des subterfuges! Je suis las de me cacher et de vous envoyer de façon anonyme des petites corbeilles de fleurs alors que je voudrais réellement vous donner la lune, les étoiles et le soleil pour exprimer mon amour!

Petula comprit ce qu'il voulait dire. En même temps, elle espérait que par malchance son oncle ne rentrerait pas juste au même moment.

Mais, avec retard, troublée par tout cela, elle s'exclama :

– Je me rappelle maintenant... je ne peux pas rentrer par la porte principale... Vous allez quand même être obligé de me ramener aux écuries.

Le duc rit :

– Et voilà pour mon geste grandiose! fit-il. Ça ne

fait rien, à mon retour nous entrerons tous les deux par la grande porte, main dans la main.

Il donna l'ordre à Jason de faire le tour par les écuries. L'endroit était plongé dans l'obscurité mais les portes étaient ouvertes, et Petula comprit que son oncle n'était pas encore rentré. Le duc lui baisa les mains et les lèvres.

– Je serai absent six jours, ma chérie, dit-il; ensuite vous pourrez vous reposer de tout sur moi. Je veillerai sur vous et vous n'aurez plus jamais à vous tourmenter pour quoi que ce soit.

Petula appuya sa joue contre la main qui retenait les siennes; puis, quand on ouvrit la portière, elle sauta à terre. Sans regarder en arrière, elle se précipita dans l'ombre des écuries sur le chemin qui conduisait à la maison.

En arrivant dans sa chambre, elle se jeta sur son lit, essayant de rassembler ses idées et de saisir ce que tout cela signifiait.

« Je lui appartiendrai, je serai... sa femme! se disait-elle. Ô, Seigneur, comme je vous suis reconnaissante! »

Elle resta ainsi étendue un bon moment. Puis elle ôta son manteau et, avant même de se déshabiller, elle s'agenouilla à côté du lit et adressa à Dieu une prière d'actions de grâce, pour les bienfaits qu'elle recevait au delà de toute espérance.

Petula se réveilla, consciente de n'avoir dormi que quelques heures. Elle avait glissé dans le sommeil avec l'impression d'être dans les bras du duc, les lèvres sur les siennes.

Elle se dit que le rayon de soleil brillant par la fente des rideaux était d'un or plus vif qu'auparavant. La chambre paraissait emplie d'un parfum de fleurs et de la musique chantait dans son cœur.

« Six jours! Six jours seulement! » se disait-elle, et elle savait que chaque minute écoulée la rapprochait du moment où elle serait à nouveau près de son amour. Un coup léger se fit entendre à la porte et Tomkins entra. Elle tira les rideaux avant de dire :

– Je vous ai réveillée plus tôt que d'habitude, mademoiselle, parce qu'un billet est arrivé pour vous, il y a quelques minutes, et que le valet a précisé : « C'est très urgent et il faut le lui remettre immédiatement! »

Petula s'assit dans son lit et saisit vivement le billet. Elle n'eut aucune difficulté pour en deviner la provenance, et son visage était si rayonnant que Tomkins la regarda ouvrir l'enveloppe avec curiosité. Elle vit qu'elle contenait deux pages.

Sur l'une, on pouvait lire :

« Mon cher amour, ma bien-aimée :

Que puis-je faire d'autre? »

Pendant un instant, Petula pensa qu'elle ne parviendrait pas à ouvrir l'autre feuillet et, une fois déplié, elle remarqua l'adresse gravée au haut de la page qui semblait danser devant ses yeux. Elle lut :

Kirkby Hall
Yorkshire

Mon cher Adrian,

Je vous écris ce mot et l'envoie par courrier rapide à Londres pour vous demander de venir aussi vite que possible. Emelye est montée à cheval ce matin dès son arrivée et a fait une chute très grave.

Les médecins pensent que sa colonne vertébrale pourrait être brisée, ce qui signifie qu'elle restera paralysée. Elle vous réclame, et je ne puis que vous demander de nous rejoindre sans perdre un instant. J'envoie un courrier à Windsor pour prévenir sa mère.

Tout ce qu'il me reste à vous dire est que j'ai le cœur brisé devant cela – un accident à peu près inexplicable.

Vôtre,

Kirkby.

Petula relut la lettre une seconde fois et, alors, elle eut l'impression que la lettre elle-même sombrait dans les ténèbres.

Elle s'était trop hâtée de remercier Dieu! Elle avait cru saisir le bonheur, et maintenant il lui échappait. Un long moment plus tard, elle entendit Tomkins lui dire :

– Vous semblez avoir reçu un choc, mademoiselle. Est-ce que je puis faire quelque chose pour vous?

– Non... rien, répondit Petula.

C'était vrai. Il n'était au pouvoir de personne de faire quoi que ce soit!

Sans avoir vraiment conscience de ses gestes, Petula s'habilla, et ce fut seulement en descendant l'escalier qu'elle se rendit compte qu'il était à peine plus de 6 heures et demie.

Elle eut vaguement l'idée d'écrire au duc, puis elle se dit que cela n'avait pas de sens et qu'il devait d'ailleurs être déjà parti pour le Yorkshire.

Elle entra dans la bibliothèque. Elle voyait à peine ce qui était autour d'elle, ayant seulement conscience de cette douleur qui devenait de plus en plus intense jusqu'à emplir, non seulement son être tout entier, mais le monde lui-même, et il ne restait plus rien que la souffrance.

Soudain, si brusquement qu'elle sursauta, la porte s'ouvrit et son oncle surgit dans la pièce. Elle le regarda et crut, un instant, qu'il avait eu un accident. Son visage avait une expression qu'elle ne comprenait pas, sa cravate blanche n'était plus qu'un chiffon autour de son cou et il tenait à deux mains son chapeau haut de forme.

– Petula! dit-il d'une voix rauque comme un râle. Je suis formidable! Je suis génial! Vous avez devant vous un homme qui possède... une fortune!

Petula le regardait d'un œil incrédule. Alors, lentement, il renversa son chapeau et une pluie de pièces d'or, de reconnaissances de dette et de chèques tomba sur le plancher.

– Au moins vingt mille livres! Une fortune! criait sir Roderick. Une fortune, Petula!

Il restait là, titubant sur place, et Petula se précipita pour lui prendre le bras.

– Vous êtes malade, oncle Roderick!

– Pas malade – ivre! répondit-il. Ivre de joie, à l'idée que plus jamais je n'aurai besoin de toucher une de ces damnées cartes! (Elle l'aida à s'asseoir et il s'affala sur la chaise, les jambes écartées.) Une fortune! marmottait-il tout bas. Je suis... un homme riche!

Petula resta un moment à le regarder, et contempla ensuite le tapis jonché de pièces. Puis, se détournant, elle se hâta de grimper l'escalier jusqu'à la chambre de Mme Warren. Elle entra sans frapper et alla en courant écarter les rideaux. Le soleil inonda la pièce et, quand Petula se retourna,

Mme Warren s'asseyait dans son lit en la regardant avec de grands yeux.

– C'est oncle Roderick, fit précipitamment Petula, essoufflée d'avoir grimpé les marches si vite. Il a besoin de vous! Descendez le voir!

– Il a eu un accident? s'écria Mme Warren, en sortant de son lit.

– Il n'a pas eu d'accident, mais il va vous raconter ce qu'il lui est arrivé, répondit Petula.

Mme Warren était charmante, avec ce petit bonnet de mousseline garni de dentelles qu'elle portait toujours la nuit. Petula prit sa robe, également garnie de dentelles, posée sur une chaise, et l'aida à la passer.

– Dépêchez-vous! fit-elle. Il est dans la bibliothèque et voudra vous raconter lui-même ses aventures.

– J'espère qu'il n'y a pas de désastre, murmura Mmc Warren d'une voix anxieuse.

Puis, piquée par l'air excité de Petula, elle glissa ses pieds dans des pantoufles confortables et, tout en agrafant sa robe, gagna le corridor pour descendre l'escalier.

Sir Roderick, effondré sur la chaise où Petula l'avait laissé, les yeux fermés, s'était endormi, ivre d'alcool et d'épuisement. Mme Warren enjamba l'argent, sans réellement comprendre ce que c'était, et vint s'agenouiller à côté du baronnet.

– Roderick, fit-elle, Roderick!

Sa voix sembla le réveiller, mais il se contenta d'ouvrir les yeux pour balbutier à nouveau d'une voix incertaine :

– Je suis... un homme... riche...

– Il a joué toute la nuit, expliqua Petula. Il est arrivé il y a quelques minutes seulement.

Pour la première fois, Mme Warren regarda l'argent éparpillé sur le tapis.

– Il a... gagné... tout ceci? interrogea-t-elle d'une voix incrédule.

– C'est ce qu'il m'a dit, répondit Petula.

Mme Warren se remit debout en chancelant.

– Est-ce... possible? chuchota-t-elle.

– Non seulement c'est possible, mais cela signifie, chère madame Warren, que vous pouvez désormais vous marier et que vous pourrez veiller sur lui.

Petula la prit dans ses bras pour l'embrasser, en pensant que personne ne lui dirait, à elle, de mots semblables. Elle sentit les larmes monter et se hâta de dire :

– Vous prendrez soin d'oncle Roderick?

Sans attendre de réponse, elle quitta la pièce en fermant la porte derrière elle. Elle grimpa en hâte l'escalier et agita la sonnette. Quand Tomkins entra, elle lui dit :

– Voulez-vous faire ma malle, je vous prie? Je ne puis emporter toutes mes affaires, mais le reste suivra plus tard.

– Vous partez, mademoiselle?

– Oui, dit Petula, résolue. Je m'en vais.

Tandis que Tomkins commençait les paquets, elle changea de robe, afin d'être plus à l'aise pour voyager. Puis elle prit dans l'armoire le manteau sombre qu'elle avait mis pour rejoindre le duc la nuit précédente, dans le parc. Cela fit affluer des souvenirs qu'elle chassa en hâte et elle choisit une capote très simple pour éviter d'attirer sur elle les commentaires et les spéculations des voyageurs de la diligence.

– Il va nous falloir une seconde malle, mademoiselle, dit Tomkins.

– Celle-ci suffira pour le moment, répondit Petula. Mes robes du soir et mes chapeaux peuvent rester ici, je n'en aurai pas besoin.

– Vous n'en aurez pas besoin? répéta Tomkins, surprise.

Mais Petula ne jugea pas utile de lui expliquer pourquoi toutes ces choses n'avaient plus d'importance. Au lieu de cela, elle ramassa ses gants et son sac à main, redescendit l'escalier, donna un ordre à Burton qui se tenait dans le hall, puis entra dans la bibliothèque.

Son oncle dormait toujours, mais Mme Warren était assise devant le bureau et comptait l'argent qu'elle avait ramassé par terre. Elle leva les yeux à l'entrée de Petula et dit d'une voix qui tremblait d'émotion.

– Vingt et un mille cinq cents livres! Je n'arrive pas à y croire.

– Oncle Roderick a dit qu'il ne toucherait plus jamais une carte, et c'est une promesse que vous devez l'aider à tenir.

Un faible sourire se joua sur les lèvres de Mme Warren.

– Il n'a jamais vraiment aimé le jeu.

Petula regarda les piles de guinées d'or alignées devant elle et demanda :

– Voulez-vous me donner cent livres et dire à oncle Roderick, quand il s'éveillera, que je vous les ai demandées? (Mme Warren posa sur elle un regard interrogateur et Petula expliqua :) Je m'en vais. Oncle Roderick vous le dira, je ne suis nullement l'héritière que je prétendais; mais, maintenant, me voici... libre.

– Ma très chère enfant..., fit Mme Warren d'un air de reproche, mais Petula leva la main.

– J'aime mieux que ce soit oncle Roderick qui vous explique tout, dit-elle, et comme je souhaite éviter les discussions, comme je suis sûre aussi qu'il préférera rester seul avec vous, je désire m'en aller avant qu'il ne se réveille.

– Alors, prenez tout ce que vous voulez, fit Mme Warren avec un petit geste de la main vers les piles de pièces d'or.

Petula compta huit billets de dix livres et rassembla dix guinées dont elle avait besoin pour le voyage. Elle mit le tout dans son sac à main en disant :

– Si nous ne nous revoyons jamais, je veux vous remercier pour votre bonté et pour m'avoir présentée dans le monde.

En parlant, elle embrassa Mme Warren, mais n'attendit pas d'avoir à répondre à toutes les questions qu'elle voyait se former sur ses lèvres. Elle sortit simplement de la pièce en refermant la porte derrière elle.

Sa malle était déjà dans le hall et Burton, selon ses instructions, avait appelé un fiacre. Aidé par le cocher, il plaça la malle à l'avant et Petula monta rapidement.

– Au revoir, Burton, dit-elle au maître d'hôtel. Je crois que sir Roderick et Mme Warren aimeraient que vous leur apportiez du café noir dans la bibliothèque.

– Très bien, mademoiselle, répondit le domestique. J'espère que vous ferez bon voyage.

– Merci, fit Petula. Voulez-vous dire au cocher de se rendre au *Cygne à deux têtes,* dans Islington ?

Burton cria les ordres à l'homme qui paraissait un peu sourd. Celui-ci fouetta le cheval fatigué et la voiture s'ébranla dans Berkeley Square. Petula se rappelait comment le duc lui avait proposé de la conduire à l'entrée du 47 en disant : « Je suis las des subterfuges! Je suis las de me cacher! »

Il avait parlé trop vite, pensa-t-elle, et peut-être était-il prophétique qu'après ce qu'il avait appelé son « geste grandiose », il eût dû, quoi qu'il en ait, repasser par-derrière, par les écuries.

Elle se rappela comme il avait ri en affirmant :

– A mon retour, nous entrerons tous les deux par la grande porte, main dans la main.

Désormais, rien de tout cela n'aurait lieu! Il serait lié à Emelye, non seulement par la loi mais par le devoir, d'une façon qui, hélas, leur interdirait de se rencontrer en secret. Pourrait-il ne pas se sentir coupable en trompant une femme paralysée, qui n'aurait aucun moyen de lutter pour conserver son affection?

C'était bien la fin. Par un caprice et un détour du destin, sa félicité lui avait été arrachée au dernier moment. Le destin la laissait dans les ténèbres du malheur, sans même une lueur d'espoir.

7

Il fallut près de cinq jours à Petula pour arriver à Buckden; un voyage extrêmement inconfortable, dans une diligence surchauffée et bondée. On ne s'occupait guère ou pas du tout des passagers lorsqu'ils s'arrêtaient aux relais de poste et on ne leur attribuait pour la nuit que les chambres les moins chères et les plus inconfortables.

Finalement, la jeune fille arriva au hameau le plus proche de Buckden, sur la grand-route et, là, elle dut trouver une voiture pour faire les derniers kilomètres jusqu'au village.

Lorsqu'enfin elle roula sur le chemin poussiéreux et que son regard se posa sur la petite église de pierre grise, dans le cimetière de laquelle étaient enterrés son père et sa mère, elle comprit que rien n'avait changé depuis son départ; mais que plus rien, cependant, ne serait pareil jusqu'à la fin de ses jours. C'était comme si elle avait fait naufrage et, au cours de cette terrible expérience, avait perdu sa personnalité originelle, au point de se trouver maintenant totalement différente.

Le voiturier, qu'elle connaissait bien parce qu'il s'était installé au village alors qu'elle n'était encore qu'une enfant, la conduisit jusque devant le cottage du *Chèvrefeuille* et Petula constata que, depuis sa dernière visite, le jardin avait été nettoyé et embelli de fleurs.

Levant le loquet du portail, elle entra et suivit la petite allée bordée d'œillets. Elle atteignait le cottage lorsque la porte s'ouvrit et Annie apparut.

– Mademoiselle Petula! s'exclama-t-elle. Je n'en croyais pas mes yeux lorsque je vous ai vue par la fenêtre!

– Je reviens à la maison, Annie, dit la voyageuse d'une voix altérée.

Le voiturier porta la malle à l'intérieur du cottage et Petula, ôtant sa capote, regarda autour d'elle pour retrouver le petit salon.

Il était plein des meubles et des menus trésors que sa mère avait aimés. Il y avait des bibelots n'ayant aucune valeur intrinsèque mais liés, pour l'orpheline, à son enfance et aussi à ce qu'il lui restait d'avenir.

Elle paya le cocher qui la remercia de son pourboire généreux en touchant son toupet de cheveux.

– Vous lui avez donné trop d'argent, mademoiselle Petula, fit Annie de cette voix grondeuse que la jeune fille connaissait bien. Avez-vous fait subitement fortune?

– Tout l'argent que nous possédons au monde est dans ce sac, répondit Petula en le posant sur la table. Il faudra qu'il nous dure longtemps, Annie.

Elle parlait d'une voix si étrange qu'Annie s'approcha d'elle aussitôt.

Que se passe-t-il? Que vous est-il arrivé, mon trésor? s'enquit-elle.

Il y avait dans ses paroles cette sollicitude et cette gentillesse qu'elle appréciait depuis l'enfance, et Petula fondit en larmes.

Le duc, en menant ses chevaux vers le Yorkshire, était en proie à un désespoir qu'il savait partagé par Petula.

La lettre était arrivée au milieu de ses rêves, et il savait aussi qu'elle avait détruit tous ses projets de bonheur pour l'avenir et qu'il n'y avait plus rien à faire. Si Emelye restait paralysée à la suite de sa chute de cheval – le duc mesurait exactement ce que cela signifiait – il lui devenait impossible de refuser de l'épouser.

Il ne faisait aucun doute qu'elle offrirait de le libérer de sa promesse, mais seul un misérable, un homme dépourvu de tout principe pourrait rejeter la femme à laquelle il était fiancé, parce qu'elle était devenue infirme.

Que cela lui coûte son bonheur, que cela signifie qu'il n'aurait jamais d'héritier pour lui succéder, le code selon lequel vivait un gentilhomme et qui le distinguait lui imposait, en de telles circonstances, de se montrer chevaleresque et au delà de tout reproche.

Ce n'était qu'en conduisant à une vitesse qui requérait toute sa capacité de concentration que le jeune homme pouvait s'empêcher de gémir à voix haute sur son désespoir et son malheur.

La comtesse de Kirkby avait reçu l'ordre de rester à Windsor pour y attendre la reine et, comme elle était dame du lit par droit héréditaire, il lui avait été impossible de refuser. Le comte et Emelye étaient donc partis ensemble pour le Yorkshire et le duc savait parfaitement à quel point Emelye était pressée de retrouver ses chevaux.

– J'en ai deux à l'entraînement qui vont devenir exceptionnels, lui avait-elle confié. J'ai dit à Edward Trafford de les entraîner au saut en mon absence, après quoi je suis tout à fait certaine qu'ils seront capables de courir le Grand National (1) sans la moindre difficulté.

Le duc savait que Trafford était l'entraîneur de steeple-chase du père d'Emelye et qu'il jouissait d'une grande réputation dans le monde des courses. Cependant, il avait averti la jeune fille :

– Soyez prudente, Emelye! Ces sortes de sauts, déjà assez durs pour un homme, sont très difficiles pour une femme.

– C'est valable pour la plupart des femmes, avait répliqué Emelye, mais pas pour moi.

Le duc avait souri.

– Non. Vous êtes tout à fait exceptionnelle. Il n'en reste pas moins que sauter des obstacles aussi hauts peut s'avérer dangereux, nous le savons tous les deux.

Il se rappelait que, l'année précédente, au cours d'un steeple-chase classique, un des chevaux du comte s'était brisé la jambe et qu'on avait dû l'abattre.

Comme si elle balayait délibérément cet avertissement de son esprit, Emelye avait continué à parler des chevaux qu'elle entraînait. Certains poulains étaient nés d'une jument pur-sang extrêmement coûteuse que le comte avait acquise trois ans auparavant.

(1) L'une des épreuves hippiques les plus fameuses d'Angleterre. *(N.d.T.)*

– Il vous faudra améliorer votre écurie, Adrian, disait-elle en le taquinant et, bien entendu, dès que nous serons mariés, je vous y aiderai.

– Merci beaucoup, avait répondu le jeune homme d'un ton sarcastique.

Ses chevaux avaient en effet remporté de nombreuses courses et étaient généralement considérés comme bien meilleurs que ceux du comte. Comme il envisageait de se rendre très fréquemment dans le Yorkshire, il avait déjà envoyé ses propres chevaux vers tous les relais de poste importants. Aussi atteignit-il le château de Kirkby en un temps record.

Au moment où il arrêtait son attelage en sueur, le comte se précipita au bas du perron en s'exclamant :

– Je ne vous attendais pas si tôt, Adrian, mais c'est une bonne chose que vous soyez arrivé si vite.

– Comment va Emelye ? demanda le jeune homme.

Il avait chaud, se sentait fatigué et aurait aimé prendre un bain, mais il savait qu'il n'y fallait pas compter.

– J'ai promis de vous conduire à elle sur-le-champ, répondit le comte. Elle n'a réclamé personne d'autre depuis l'accident.

– Qu'est-il donc arrivé ? demanda Adrian tandis qu'ils montaient l'escalier.

– Elle a insisté pour sauter un obstacle placé encore plus haut que ne le conseillait Trafford. Même ainsi, cela reste un mystère : comment a-t-elle pu tomber de cette façon ? Le cheval s'est à peine écorché les genoux.

Le jeune homme ne répondit rien et, en silence, ils parcoururent le couloir. Le comte frappa doucement à une porte que lui ouvrit sa femme; visiblement très abattue, les traits tirés, elle tendit les deux mains à l'arrivant.

– Adrian! Dieu merci, vous voici! Je ne suis ici que depuis ce matin. J'ai trouvé Emelye qui vous réclamait, et elle n'aura pas de repos avant de vous avoir vu.

– Comment va-t-elle? demanda machinalement le duc.

Les lèvres de la comtesse bougèrent silencieusement et ses yeux s'emplirent de larmes, de sorte que les mots devenaient inutiles. Adrian la suivit dans la pièce plongée dans l'obscurité et s'avança jusqu'au lit au milieu duquel Emelye était étendue, très calme, les yeux fermés.

– Emelye! appela-t-il à voix basse.

Les paupières se soulevèrent lentement et il vit que les yeux de la jeune fille avaient peine à saisir son image. Puis un faible sourire effleura ses lèvres. Son fiancé prit sa main dans les siennes.

– Je suis navré.

– Sommes-nous... seuls?

Elle avait du mal à détacher les mots mais, bien qu'elle parlât d'une voix très faible, il l'entendait distinctement. Il jeta un regard sur la porte que la comtesse avait fermée derrière lui.

– Parfaitement seuls.

– Alors... écoutez... Adrian. J'ai... quelque chose à... vous demander.

– Vous savez bien que je ferai tout ce que vous voudrez.

– Je... vais... mourir.

– Non, bien sûr que non, commença-t-il.

– Ne discutez pas... avec moi, dit-elle, écoutez... seulement. Je n'en... ai pas... pour longtemps.

Le jeune homme serra sa main et attendit.

– Je vous demande... de donner à Edward... assez d'argent pour aller en Amérique. Il faut... qu'il parte mais... il n'en a pas les moyens... à moins que vous... ne l'aidiez.

– Edward Trafford? fit le duc, désorienté.

– Oui, Edward... fit Emelye. Il ne peut pas... rester ici.

– Qu'essayez-vous de me dire? demanda le duc.

– J'ai fait exprès... de tomber, dit Emelye. Ce n'était pas... la faute du cheval. J'ai voulu... me tuer.

– Mais pourquoi, Emelye? Pourquoi?

– J'attendais... un enfant... d'Edward. Le docteur... a promis... de ne rien dire à papa et maman... avant ma mort. Après, il dit... qu'il doit... le faire.

Le duc restait silencieux, paralysé par la surprise. La voix d'Emelye faiblit légèrement encore lorsqu'elle poursuivit :

– Il n'y a personne... à qui je puisse demander cela... sauf vous. Promettez-moi... que vous aiderez Edward... je l'ai toujours aimé depuis que j'étais enfant... dès la première fois qu'il m'a appris... à monter.

Sa voix s'évanouit presque sur les derniers mots et le duc lui dit :

– Je vous le promets. Je lui donnerai l'argent nécessaire pour quitter le pays.

– Suffisamment... pour recommencer... en Amérique?

– Tout ce qu'il faut, répondit le duc.

Emelye soupira.

– Merci, Adrian. Je sais... j'ai été stupide mais... cela en valait la peine. Nous avons été... si heureux, jusqu'au jour où papa a dit... que je devais vous épouser.

Adrian porta sa main à ses lèvres. La mourante, alors, murmura :

– Dites à Edward qu'ils ne me permettront pas... de le voir, mais dites-lui... que je n'ai pas peur... de mourir et... que je l'aime.

– Je le lui dirai.

La jeune femme ferma les yeux et le duc sentit qu'ayant accompli ce qu'elle souhaitait accomplir, elle se laissait désormais aller à la dérive – elle abandonnait délibérément l'existence.

– Emelye! fit le duc avec insistance. Emelye!

Mais la main d'Emelye s'abandonnait dans la sienne et, bien qu'elle respirât encore, il sut, sans qu'on ait besoin de le lui dire, qu'elle ne vivrait plus longtemps.

Il se redressa et marcha vers la porte pour faire rentrer dans la chambre le père et la mère...

Petula, qui avait fini de prendre le thé avec Annie, débarrassait soigneusement tasses et soucoupes. Elle les emporta dans la petite cuisine et les posa sur l'évier.

Tout était parfaitement net et rangé, et le cottage lui donnait l'impression de vivre dans une maison de poupée, à une échelle si réduite après Berkeley Square et le manoir délabré! Et, parce qu'Annie avait entassé tant de choses dans ces petites pièces, Petula avait l'illusion d'être une géante au pays de Lilliput.

Elle avait retrouvé dans le minuscule logis non seulement tout ce qu'elle avait donné à Annie mais, en outre, des objets divers en provenance du manoir...

– M. Barrowick avait jeté tout cela dehors, pouvez-vous le croire? lui avait raconté Annie. Il disait à Adam, qu'il a pris à son service avec quelques autres hommes du village, de tout brûler! Avez-vous jamais entendu parler d'un tel vandalisme?

Petula avait eu du mal à contenir son hilarité devant l'indignation qui faisait vibrer la voix de la vieille femme, mais en montant à l'étage, elle éclata réellement de rire, en dépit des traces de larmes qui sillonnaient encore ses joues.

L'une de ces choses que M. Barrowick n'avait pas jugé assez bonnes pour lui n'était autre que l'énorme lit à colonnes dans lequel son père avait toujours dormi, comme tant de générations de Buckden avant lui. Annie l'avait installé dans la plus grande des chambres à coucher où il ne laissait pratiquement plus de place pour d'autres meubles.

– Oh! Annie, comment avez-vous fait pour le placer ici? s'exclama Petula.

– C'était le lit du maître et personne d'autre n'avait le droit de le posséder, répliqua la gouvernante d'un ton péremptoire.

– Mais comment diable es-tu parvenue à le hisser au haut de l'escalier?

– Adam l'a démonté et ensuite, avec Ned, ils en ont remonté les différentes parties.

C'était du beau travail, Petula fut obligée de l'admettre. Mais il lui semblait ridicule que la chambre à coucher la plus belle et la plus grande du cottage du *Chèvrefeuille* se trouvât remplie par un lit à colonnes, orné d'antiques rideaux rouges frappés aux armoiries des Buckden. Bien que le meuble fût abîmé, il en émanait encore un orgueil bien fait pour susciter chez Petula une certaine stimulation.

Annie, bien entendu, avait insisté pour qu'elle couche dans ce lit et, inévitablement, la personne à laquelle elle pensait pendant de longues heures, dans l'obscurité de la nuit, c'était l'homme qui y avait dormi après son père.

Elle restait ainsi étendue, entretenant l'illusion qu'elle sentait autour d'elle les bras d'Adrian, et ses lèvres sur les siennes. Alors, parce qu'elle soupirait après lui et souffrait, elle se mettait à pleurer avec désespoir jusqu'à ce qu'elle s'endorme, totalement épuisée.

Petula était donc en train d'essuyer les soucoupes et de les ranger sur l'étagère lorsqu'Annie vint lui dire :

– Je pars un moment chercher des provisions pour notre dîner. Avez-vous envie de quelque chose, mon trésor?

– Je... je n'ai pas faim.

– Vous mangerez, même si je dois rester à côté de vous et vous obliger à le faire, gronda Annie. Vous êtes en train de devenir si maigre que je vais être contrainte, un de ces jours, d'appeler le nouveau docteur pour savoir pourquoi vous n'allez pas bien.

– Il n'y a rien... qui n'aille pas bien, répondit Petula. C'est seulement... que je n'ai pas faim.

Annie serra les lèvres, ce qui signifiait, Petula le savait, qu'elle allait faire plus d'achats qu'il n'était nécessaire pour l'inciter à manger. La jeune fille n'ignorait pas qu'il ne servait à rien de discuter avec sa gouvernante, même si elle était fâchée de la voir s'obstiner à dépenser de l'argent; car, se disait-elle, même une centaine de livres ne durerait pas éternellement.

Depuis son départ de Londres, elle n'avait eu

aucune nouvelle de son oncle et elle se demandait s'il lui en voulait d'être partie. Elle pensait cependant qu'il devait se sentir plutôt soulagé, maintenant qu'il avait une fortune bien à lui. A vrai dire, ce n'était pas tellement après une lettre de son oncle qu'elle soupirait, mais elle espérait contre tout espoir en recevoir une d'Adrian.

« S'il m'écrit maintenant, ce sera à Londres, se disait-elle. Mais nous n'avons plus rien à nous dire. Alors pourquoi suis-je là à pleurer après des nouvelles de lui ? »

Elle entendit se refermer la porte du cottage derrière Annie et, soudain, l'envie lui vint d'aller revoir le petit bois. Cette idée lui trottait par la tête depuis son retour à Buckden, mais elle s'était dit qu'elle souffrirait tellement en tentant de retrouver la magie de ce premier baiser, qu'elle s'était forcée à rester au cottage.

Annie et Adam lui avaient raconté que le manoir lui-même ressemblait à une ruche en pleine activité. M. Barrowick y avait amené une armée d'entrepreneurs, de charpentiers et de maçons pour rendre à la maison toute sa splendeur originelle.

– Il se prend pour le prince de Galles et il fait couler l'argent à flots, disait Annie d'un ton méprisant.

Petula s'était d'ailleurs rendu compte que la plupart des villageois estimaient très présomptueux, de la part de M. Barrowick, d'essayer de prendre la place de son père.

Elle savait qu'à cette heure tardive de l'après-midi les ouvriers, venus travailler à une certaine distance du village, seraient rentrés chez eux, et qu'elle aurait donc toutes chances de traverser la pelouse et le champ jusqu'au petit bois sans être aperçue.

Sans se préoccuper de mettre un chapeau, car le sentier qui contournait le village par-derrière était dissimulé par la végétation, Petula se mit en route.

Elle vit tout de suite que les jardins, jadis à l'abandon, avaient déjà été remis en état. On avait tondu les pelouses qui devaient être prolongées, à ce que lui avait dit Adam, jusqu'à la lisière même du petit bois. Le champ était encore un peu accidenté, mais la jeune fille ne songeait qu'à atteindre l'ombre des bouleaux. Lorsqu'elle y parvint, ils semblèrent se brouiller à sa vue.

Il n'y avait plus de violettes, et pas davantage de primevères ou de jacinthes. Les feuillages étaient plus épais, mais les rayons du soleil les transperçaient en dessinant des motifs par terre, en dessous des arbres. C'était l'heure du soleil couchant, et l'on ne voyait plus cette teinte d'or pâle qui brillait de façon si resplendissante, en ce début de matinée où elle avait vu le commandant s'approcher d'elle au milieu des bouleaux.

Elle resta immobile un moment, à nouveau envahie par les sensations et les émotions comme par une marée. Quelque chose de magique avait eu lieu ici, un enchantement, mais depuis lors ce sentiment s'était approfondi et intensifié jusqu'à émouvoir tout son être. Non seulement elle se souvenait, mais elle savait aussi que tant de bonheur était perdu.

« Ô mon Dieu, aidez-moi... à oublier! » se mit-elle à prier.

Les larmes l'aveuglèrent au point de lui cacher la lumière du soleil.

Les funérailles achevées, le duc sentit que plus rien maintenant ne le retenait au château. Emelye reposait pour toujours au fond du parc, près de l'église. A cause du profond chagrin du comte et de sa femme, la cérémonie avait été intime, réunissant seulement quelques amis et proches relations, ainsi que les tenanciers du domaine.

Auparavant le duc, lui, avait eu fort à faire. Non seulement il avait donné à Edward Trafford de l'argent, comme il l'avait promis à Emelye, mais il avait également arrangé son passage en Amérique et lui avait remis des lettres d'introduction pour différents propriétaires et éleveurs de là-bas.

– Je ne comprends pas pourquoi vous faites tout cela pour moi, mylord, s'était étonné Trafford.

– Je n'ai pas l'intention d'en discuter avec vous, avait répondu le duc. Tout ce que je souhaite, c'est que le comte et la comtesse ne sachent jamais rien de toute cette affaire.

Il s'était exprimé d'un ton froid. Il estimait en effet que Trafford, beaucoup plus âgé que la jeune fille, avait une grave responsabilité à son égard, d'autant qu'il était au service de son père. Toutefois, il n'avait en ce moment aucune envie de critiquer personne. Il souhaitait seulement voir les choses se passer en douceur, selon le vœu d'Emelye.

Il avait eu un moment pénible avec le docteur, qui jugeait de son devoir d'informer le comte et la comtesse des véritables raisons du décès de leur fille. La difficulté résidait surtout en ce que le médecin était un homme de bien, parfaitement droit, qui se montrait très choqué de ce qui était arrivé. Mais Adrian avait usé de tous ses talents de persuasion. Finalement, après une heure environ de discussion, le médecin avait capitulé et donné sa parole d'honneur qu'il ne divulguerait jamais à personne le secret de la mort d'Emelye.

Désormais, le jeune homme avait achevé sa tâche et n'avait nul besoin de feindre plus longtemps d'être profondément bouleversé, ce qui lui avait été excessivement difficile. Aussi, lorsque le comte entra dans la pièce, lui déclara-t-il :

– Je pense que maintenant votre femme et vous souhaitez rester seuls. J'ai donc donné des ordres pour mes malles et on va amener mon phaéton devant la porte.

– Vous nous quittez? s'exclama son hôte.

Le jeune homme confirma d'un signe de tête et eut quelque peine à empêcher le comte de se lancer dans un discours de remerciements. Puis il s'arrangea pour partir sans saluer la mère d'Emelye qui, il le savait, s'était enfermée dans sa chambre, après l'enterrement, pour y pleurer en paix.

Tandis qu'il lançait ses chevaux dans l'allée du château, Jason à ses côtés, il eut l'impression qu'un fardeau venait de tomber de ses épaules et que, pour la première fois, il était libre de penser à lui.

– Le landau de voyage est parti en avant, Votre Grâce, dit Jason. Nos gens ont demandé à quel endroit vous vous arrêteriez pour la nuit, et j'ai dit qu'à mon avis ce serait à cette auberge près de Huntingford.

– Oui, c'est ce que nous ferons, répondit distraitement le duc, bien que nous n'ayons pas besoin d'y changer de chevaux.

– Non, Votre Grâce, ce sera bien assez tôt pour cela demain, quand nous nous arrêterons pour déjeuner.

Brusquement, le duc se souvint qu'Huntingford n'était pas loin de Buckden et que l'auberge, en fait, était celle dont Petula lui avait parlé lorsqu'il lui avait demandé où il pourrait s'installer.

Il eut soudain l'impression qu'il lui fallait aller à Buckden pour revoir l'endroit où il l'avait rencontrée la première fois. Un indéfinissable instinct lui soufflait de s'y rendre, pas seulement pour y retrouver ses souvenirs, mais pour quelque obscure raison.

Il se convainquit qu'à cette époque de l'année, il faisait clair le soir jusqu'à 11 heures et même plus tard, et qu'il aurait donc tout le temps de visiter Buckden, puis de revenir à Huntingford avant l'obscurité complète.

Le duc préférait voyager dans son phaéton, tandis que son valet et les domestiques qui l'accompagnaient partaient en avant dans un landau de voyage, transportant avec eux de nombreux bagages.

De sorte qu'en arrivant à l'auberge, son confort était assuré : on avait déballé tout ce dont il avait besoin, refait le lit avec ses draps personnels; son dîner était prêt et l'on avait monté de la cave ses vins préférés.

Depuis qu'il avait hérité le duché il acceptait tout ce luxe sans y prêter attention, mais, en tant qu'ancien soldat, il était tout à fait capable, comme il l'avait dit à Petula, de s'en passer quand il le fallait. Mais ce n'était pas le cas actuellement. Cette nuit, même s'il le souhaitait, il n'aurait plus la possibilité de dormir dans le manoir délabré qui, désormais, n'appartenait plus aux Buckden.

Bien qu'il n'ait guère eu le temps d'en parler avec elle, Adrian comprenait parfaitement la rancune de Petula à l'égard de son oncle qui avait vendu le manoir et le domaine qui étaient dans la famille depuis si longtemps. Mais il se disait que, le jour de leur mariage, elle deviendrait châtelaine de tant de demeures magnifiques qu'elle n'aurait plus lieu de regretter sa vieille maison.

En même temps, il avait envie d'aller à Buckden. « Voilà que je deviens sentimental », se dit-il, et il trouva que c'était une façon très douce d'exprimer ce qu'il ressentait s'agissant de Petula.

Jason se montra surpris lorsqu'ils quittèrent la grand-route vers 5 heures et tournèrent pour s'engager dans le chemin en lacet qui menait au village où ils avaient eu cet accident.

– Nous allons à Buckden, Votre Grâce? demanda le valet au bout d'un moment.

– Oui, répondit le duc.

Il n'en dit pas davantage et ils avancèrent en silence jusqu'à ce qu'apparût la petite église de pierre grise, avec son clocher pointu. Comme le duc ralentissait l'allure de ses chevaux, Jason poussa une exclamation.

– Voilà la gouvernante de Mlle Petula, Votre Grâce, fit-il, celle qui s'était occupée de nous lorsque nous nous étions arrêtés au manoir cette nuit-là.

Le duc regarda dans la direction qu'il indiquait. Sans aucun doute possible c'était Annie, avec sa capote noire bien nette et portant, en dépit de la chaleur, un châle de laine grise sur sa robe, grise également. Le duc arrêta son phaéton près d'elle et elle le regarda, surprise.

– Mais c'est le commandant Chester! s'exclama-t-elle. Je crois rêver en vous revoyant ici, monsieur!

– Je n'ai pas oublié combien vous vous êtes montrée bonne et accueillante pour nous, à notre arrivée au manoir, répondit le duc.

– Je ne pourrais plus vous y offrir l'hospitalité, monsieur. Il a été vendu et je vis juste là, maintenant, dans ce cottage, *Le Chèvrefeuille*.

Le duc s'avisa alors qu'il avait arrêté ses chevaux presque en face d'une petite maison au toit de chaume qui se dressait là, avec son porche couvert de chèvrefeuille.

– Ce cottage est tout à fait plaisant et il justifie pleinement son nom, remarqua-t-il.

– C'est petit, mais confortable, dit Annie. (Elle hésita avant d'ajouter :) Si vous souhaitez prendre un rafraîchissement, monsieur, je suis sûre que Mlle Petula serait ravie de vous voir.

Le duc eut un sursaut et, un instant, ses mains se crispèrent sur les rênes. Puis il dit :

– Mlle Petula est donc ici?

– Oui, monsieur. Elle est revenue de Londres il y a quelques jours et, à en juger par les apparences, son séjour ne lui a guère réussi.

Le duc passa les rênes à Jason.

– Je serai ravi de profiter de votre offre, dit-il à Annie, et il sauta à bas du phaéton.

Petula luttait pour ne pas pleurer. Pourquoi verser des larmes, se demandait-elle, quand elle aurait dû, en fait, se montrer reconnaissante : elle avait connu un bonheur qui n'était l'apanage, elle en était sûre, que de très peu de gens.

Elle avait honte de se voir sangloter ainsi toutes les nuits, cependant il lui était impossible de nier le désir qu'elle éprouvait de tout son corps pour l'homme qu'elle aimait et qui, elle le savait, l'aimait aussi.

Peut-être, se disait-elle, aurait-il mieux valu qu'il ne fasse pas du tout attention à elle plutôt que de voir se creuser entre eux un tel gouffre, sur lequel il était impossible de jeter aucun pont. Elle tenta de se sermonner :

« Il me faut être courageuse et ne plus jamais revenir ici. »

Il devait y avoir longtemps qu'elle était dans le bois; elle jeta un dernier regard sur la beauté de ce spectacle : il resterait toujours profondément gravé dans son esprit et il lui serait possible de se le rappeler, mais seulement lorsqu'elle se sentirait assez courageuse pour pouvoir évoquer l'amour et l'émerveillement qu'elle y avait trouvés. Elle tira son mouchoir et, presque sauvagement, s'essuya les yeux. Après quoi elle revint sur ses pas en direction du cottage d'Annie.

Elle eut soudain l'impression de rêver. A travers les arbres, quelqu'un venait dans sa direction et, l'espace d'un instant sidérant, elle crut avoir remonté le cours du temps et revivre une scène passée, si intensément que c'en était presque réel.

Le duc s'étant rapproché, elle comprit que c'était bien réel! Pendant un moment, elle ne sut que rester immobile, le regardant comme pétrifiée. Puis elle courut vers lui en criant.

Elle se jeta contre lui et, comme il la prit dans ses bras, elle ne put même pas demander comment il se trouvait là ni ce qu'il était arrivé. Les lèvres du jeune homme se posèrent sur les siennes et elle ne pensa plus à rien qu'à l'émerveillement de ce baiser et au ravissement qui s'emparait d'elle comme un rayon de soleil.

Il était là avec elle, elle était serrée contre lui et, comme naguère, son cœur et ses lèvres étaient à lui, et elle était sienne, sienne complètement et absolument; il lui était impossible de penser à autre chose.

Adrian la serrait étroitement contre lui et, quelque part dans les profondeurs de son âme, Petula souhaita mourir, parce qu'elle n'avait jamais ressenti un tel bonheur, qui ne se reproduirait peut-être plus.

Finalement le duc éloigna son visage pour contempler Petula, sa bouche encore humide de baisers, ses yeux mouillés de larmes levés vers lui, ses joues pâlies par des sensations qui la faisaient trembler.

– Mon précieux amour! Ma chérie! Je vous ai retrouvée, tout est bien maintenant. (Il vit ses yeux s'agrandir et ajouta :) Nous resterons ensemble et, désormais, rien au monde ne pourra nous séparer.

Petula eut un cri de joie et le jeune homme l'embrassa de nouveau. Il l'embrassa jusqu'à ce que le bois se mette à tourner vertigineusement autour d'elle et que l'éclat du soleil devienne si aveuglant qu'elle ne put le soutenir plus longtemps. Resplendissants d'une lumière intérieure, ils ne faisaient plus qu'un.

– Je vous aime! Oh, Adrian... je vous aime! chuchota-t-elle, et je croyais... ne jamais vous revoir.

– Non seulement vous me verrez, mais vous resterez avec moi éternellement, ma chérie. Nous allons nous marier ce soir, aussi devrions-nous peut-être retourner au cottage.

– Nous... marier?

Le souffle manqua à Petula pour prononcer le mot.

– J'ai parlé au vicaire, qui m'a dit vous connaître depuis que vous étiez toute petite. Je lui ai expliqué que, comme je suis en deuil, notre mariage doit être intime et secret; il a accepté de le célébrer sans autre témoin que votre gouvernante.

– Oh, Adrian!

Petula pouvait à peine parler.

– Vous comprendrez la nécessité du secret quand je vous aurai dit qu'Emelye est morte, dit le duc.

Petula resta saisie.

– Cette chute... l'a tuée?

– Oui, elle l'a tuée.

– Cela a dû... vous bouleverser!

– Avant de mourir, elle m'a révélé qu'elle aimait quelqu'un d'autre, dit le duc. Cette révélation, ma bien-aimée, comme vous pouvez le comprendre maintenant, m'a libéré – libéré des remords et de tout sentiment de culpabilité.

En quittant le château de Kirkby, il s'était promis que ce serait là tout ce que Petula connaîtrait de cette histoire. Maintenant, il la sentait respirer profondément, comme si elle aussi se sentait libre et déchargée de tout scrupule de loyauté.

– Nous allons... vraiment... nous marier? demanda-t-elle.

Le duc la serra dans ses bras.

– Pensez-vous que je vais attendre davantage pour que vous soyez mienne, et risquer que quelque chose vienne vous empêcher de devenir ma femme?

– Comment avez-vous su... que j'étais ici?

– Je l'ai senti au plus profond de moi-même, répondit-il. Et je puis vous retourner la question : que faites-vous ici?

Petula sourit.

– Le matin où j'ai reçu votre lettre, dit-elle, oncle Roderick est revenu de son club après avoir gagné quelque vingt et un mille livres.

– Alors, vous êtes rentrée à la maison, ma bien-aimée.

Elle savait bien qu'il comprendrait et elle ajouta simplement :

– Je n'avais plus aucune raison de rester.

– Non, bien évidemment, répondit Adrian, et je suis heureux, chérie, que mon instinct, en m'indiquant l'endroit où vous étiez, m'ait évité plusieurs jours de voyage. J'allais vous retrouver à Londres.

– Peut-être est-ce le destin qui nous a réunis à nouveau, comme il l'avait fait une première fois? dit Petula.

– Si c'est le destin, alors nous lui devons quelques moments pénibles, dit le duc brièvement. Mais maintenant, tous ses détours et ses complications, en ce qui concerne notre amour, sont finis et à partir du moment où vous serez ma femme, je me sens de taille à défier le ciel lui-même de nous séparer.

Il l'embrassa encore une fois, puis passa son bras autour de sa taille; ils revinrent ensemble au cottage du *Chèvrefeuille.*

Le ciel était couché et, dans le crépuscule les premières étoiles brillaient lorsque Petula et Adrian entrèrent dans le petit parloir du cottage. Il était si petit et bas de plafond qu'il faisait presque paraître le duc anormalement grand; il était si séduisant et si élégant que Petula, instinctivement, se rapprocha de lui. Elle lut dans ses yeux qu'il attendait ce geste.

Après leur mariage dans la petite église, en la seule présence d'Annie, qui essuyait de son mouchoir des larmes de joie, ils étaient rentrés faire un excellent dîner.

Ils se rappelèrent tous deux le premier dîner que Petula et Annie avaient offert au commandant alors que la seule nourriture qu'elles avaient était le lapin pris au collet par Adam.

Ce soir-là Annie s'était surpassée avec ce qu'elle avait acheté chez le boucher pour tenter Petula et les compléments qu'elle avait envoyé chercher par Jason. Prenant sa femme dans ses bras, le duc lui dit :

– Je ne puis m'empêcher de rire, mon aimée, en pensant que je possède tant de magnifiques demeures qui attendent ma femme, ma duchesse, et que nous allons commencer notre vie conjugale dans un cottage.

– Cela vous ennuie-t-il? demanda Petula avec anxiété.

– M'ennuyer? fit-il. Peu importe où je me trouve du moment que je suis avec vous! Je pense que nous sentirons toujours que le cottage du *Chèvrefeuille* était un endroit exceptionnellement romantique, puisque nous y avons entamé notre lune de miel.

– Dans le bois, avant que vous n'arriviez, dit Petula, je me disais que vos baisers merveilleux seraient tout ce que j'aurais à l'avenir... comme souvenirs, mais maintenant.

Elle ne parvenait pas à trouver de mots pour exprimer ce qu'elle ressentait et, comme si le duc l'avait compris, il l'embrassa très doucement avant de lui dire :

– Buckden occupera une place toute particulière dans notre cœur, ma chérie, et peut-être reviendrons-nous ici pour revivre l'extase qui a été la nôtre lorsque, pour la première fois, je vous ai embrassée et quand, aujourd'hui, j'ai su que je ne vous perdrais plus jamais. (Il fit une pause.) Et il y aura ici un souvenir encore plus précieux que ces deux-là. Il posa ses lèvres sur les cheveux de Petula en lui disant tout bas :

– C'est ici, à Buckden, dans ce cottage du *Chèvrefeuille,* que vous deviendrez mienne, tout à fait, absolument et pour toujours.

– Je n'arrive pas à croire qu'il soit possible... d'être une femme si heureuse, murmura Petula.

– Je vous promets de faire de vous une femme heureuse, ma chérie; je suis impatient de vous montrer à quel point je vous aime.

Elle cacha son visage contre lui. Il la tint serrée un moment puis lui releva le menton pour la regarder.

– Vous êtes si belle, belle à couper le souffle! fit-il. Mais mon amour pour vous est plus encore que cela. Comme je vous l'ai déjà dit et vous le dirai encore, vous êtes une part de moi-même, et je ne peux pas vivre sans vous. (Il la serra contre lui en poursuivant :) Vous êtes mienne, Petula, mienne non seulement pour toute la vie, mais pour l'éternité et au delà. Je pense que quand un homme et une femme ne font indissolublement qu'un, alors la mort ne peut rien contre un tel amour.

– Quand on nous a mariés, j'ai pensé que c'était Dieu... qui nous rapprochait, dit Petula très bas, et que dans tout l'univers, rien ne pourrait nous séparer.

Elle tendit ses lèvres à son mari et il l'embrassa comme si elle était une chose infiniment précieuse.

– Je ne vous ai pas dit qu'Annie a installé ici... le lit de mon père, fit la jeune femme. C'est dans ce lit que vous avez dormi quand vous vous êtes arrêté au manoir et chaque nuit... je pensais à vous et je m'imaginais... que j'étais dans vos bras.

– Cette nuit, vous n'aurez pas à l'imaginer, répondit son mari. Mais pourquoi retarder davantage? Je ne veux plus vous attendre, Petula, je ne veux plus avoir peur de vous perdre et de voir cesser l'enchantement.

Il y avait dans sa voix une note passionnée qui la troubla infiniment. Elle se sentait en même temps terriblement intimidée. Il la vit frissonner et lui dit très doucement :

– Je vous veux! Je vous veux, ma chérie! Il fait presque nuit, une nuit qui ne sera jamais assez longue pour moi.

Petula entendit le désir vibrer dans ses paroles et, levant son visage vers lui, elle chuchota :

– Je... vous désire aussi. Voulez-vous... venir... avec moi?

Elle savait que le jeune homme attendait ces mots; elle le sut par la pression soudaine de ses bras, par le battement de son cœur, par la flamme qu'elle pouvait voir dans ses yeux.

Alors, le bras passé autour de sa taille et ses

lèvres sur les siennes, il la fit sortir de la pièce et monter l'étroit escalier en colimaçon.

Ils entrèrent dans la petite chambre occupée par le grand lit à colonnes qui avait fidèlement servi les Buckden pendant tant de générations.

Là-haut, les étoiles s'éteignirent une à une; on n'entendait que le cri aigu des chauves-souris et deux voix qui, inlassables, murmuraient :

– Je vous aime... je vous aime...

Editions J'ai Lu, 31, rue de Tournon, 75006 Paris

diffusion
France et étranger : Flammarion, Paris
Suisse : Office du Livre, Fribourg
Canada : Flammarion Ltée, Montréal

Achevé d'imprimer sur les presses de l'imprimerie Brodard et Taupin
7, Bd Romain-Rolland, Montrouge. Usine de La Flèche,
le 12 novembre 1981
6192-5 Dépôt Légal 4e trimestre 1981. ISBN : 2 - 277 - 21251 - 2
Imprimé en France